I0695610

CONTENTS

CAPÍTULO 1: UN INICIO SINIESTRO

Alex Turner detestaba los lunes. No por tradición, sino por estadística. La mayoría de sus clientes llegaban ese día con el cerebro todavía en modo fin de semana y la cartera llena de problemas mal digeridos. Por eso, cuando encontró el sobre blanco sin remitente en el buzón del edificio, supo que no era una factura ni publicidad. Era lunes, y las desgracias son puntuales.

Lo abrió sin entusiasmo, con la parsimonia de quien ha visto demasiadas veces al mundo intentar parecerse a una novela barata. La hoja dentro estaba mecanografiada. Letras negras, sin membrete, sin firma. Solo una frase:

"Busque lo que no se dijo. Calle Mayor, 32. Tercer piso. Hoy, a las 19:00."

No había amenaza. Ni petición. Ni siquiera cortesía. Solo un mandato disfrazado de pista. Alex suspiró. Encendió un cigarro. Se apoyó en la barandilla del rellano y miró al gato del vecino frotarse con la bicicleta oxidada del tercero.

—Podía ser peor —murmuró para sí—. Podía tener fecha.

Había aprendido a leer los silencios tanto como las palabras. Lo que no se dice también pesa. Y en aquella frase, lo que más le incomodaba era eso: no saber quién quería algo de él y, peor aún, por qué le necesitaba sin nombrarle.

Volvió al despacho. Un tercer piso sin ascensor que olía a café rancio y papel viejo. En la puerta aún colgaba el cartel descolorido:

ALEX TURNER — INVESTIGACIÓN PRIVADA

Debajo, en letra más pequeña:

Discreción, resultados, sin facturas innecesarias.

Se sentó frente a su escritorio y repasó mentalmente la dirección. Calle Mayor, 32. Era el barrio del poder venido a menos. Pisos que una vez albergaron abogados con trajes de tres piezas, ahora alquilados a influencers decadentes y burócratas de medio pelo.

A las 18:45, se puso la gabardina. No por elegancia —ya no había nadie a quien impresionar— sino porque llovía y el forro interior aún olía a los viejos casos en los que se mojaba por algo más que agua.

A las 19:00 estaba frente al portero automático. Nadie contestó. La puerta se abrió sola. El ascensor no funcionaba, como era de esperar. Subió las escaleras contando los escalones y los crujidos. En el tercer piso, la puerta del 3B estaba entreabierta.

Entró.

El piso olía a humedad y a olvido. Había una mesa, una silla, una carpeta encima. Nada más. Ni una foto, ni un mueble, ni una cortina que disimulara el abandono. El tipo de escenario que no deja pistas, sino sospechas.

Abrió la carpeta. Dentro, varias copias de una ficha policial. Un hombre de unos cincuenta años, pelo canoso, sonrisa de catálogo electoral. Nombre: **Fernando Alarcón Romero**. Profesión: político. Partido: sin especificar. Cargo: diputado nacional hasta hacía tres semanas. Estado: desaparecido desde hace diez días.

Alex frunció el ceño.

No era un caso corriente. Y no le gustaba que lo trataran como a un sabueso a sueldo sin preguntar si quería el hueso.

Se encendió otro cigarro. Se sentó en la silla. Esperó. Pero nadie apareció. Solo el ruido de la lluvia, constante, puntual, como los lunes.

En el reverso de una de las hojas, alguien había escrito a mano, con letra firme:

"Si sigue adelante, no podrá volver atrás."

Sonrió. Una de esas sonrisas que no llegan a los ojos.

—Lástima —dijo en voz baja—. Nunca aprendí a dar la vuelta.

Y cerró la carpeta.

Fernando Alarcón Romero no era un político especialmente querido. Ni especialmente odiado. Lo cual, en los tiempos que corrían, ya lo convertía en una rareza. Había flotado durante años entre presupuestos, inauguraciones y discursos reciclados sin levantar la voz ni pisar demasiados callos. Era lo que la prensa llamaba "perfil técnico" y sus enemigos, "un burócrata con pretensiones".

Turner hojeó los papeles de la carpeta como quien hojea un libro del que ya intuye el final. Ficha médica, últimas declaraciones públicas, una foto familiar sacada de un suplemento dominical. En todas las imágenes, Alarcón sonreía como si alguien le estuviera apuntando con una pistola invisible justo detrás de la cámara.

Desaparecido sin dejar rastro. Ni coche, ni móvil, ni testigos. Su secretaria, una mujer de voz nasal y léxico de notaría, había presentado la denuncia. Según dijo, él no faltaba nunca sin avisar. Ni a una votación parlamentaria ni a la comida de los miércoles en el restaurante gallego de la plaza de San Miguel. Dos costumbres que, en su entorno, contaban casi como matrimonio y misa.

Turner cerró la carpeta y bajó al bar de la esquina. Un lugar de los de siempre: mármol ajado, camarero de cejas pobladas, clientela que usaba el vermut como excusa para hablar del mundo como si aún tuviera arreglo.

—¿Un whisky, Turner? —preguntó el camarero sin necesidad de menú.

—Con hielo. Pero poco —respondió.

Apoyó los papeles sobre la barra y miró la televisión, donde un tertuliano gritaba sobre los riesgos de la desinformación con la misma credibilidad que un bombero pirómano.

La desaparición de Alarcón no había salido en los telediarios. Al menos no como noticia principal. Se mencionaba, sí. En los últimos minutos, entre un incendio forestal, un récord de temperaturas y un gato que tocaba el piano. Algo había ahí. Un político que desaparece y no genera titulares es como un truco de magia sin aplausos. O alguien muy poderoso quiere taparlo, o a nadie le importa lo suficiente como para preguntar.

Ambas opciones eran inquietantes.

Turner anotó dos nombres en su libreta. Uno de ellos, el portavoz del partido de Alarcón, un tipo afable con manos de contable y mirada de corredor de apuestas. El otro, un periodista de vieja escuela, Javier Beltrán, que aún usaba una grabadora de cassette y decía cosas como "fuentes solventes" sin reírse.

Terminó el whisky y dejó unas monedas junto a la copa.

—¿Otro caso? —preguntó el camarero, con esa mezcla de rutina y complicidad que da el alcohol compartido.

—Un desaparecido que nadie parece echar de menos.

—Entonces tiene toda la pinta de estar metido en algo gordo — sentenció el camarero, como si acabara de resolver el caso.

—O de haber querido salir de algo muy gordo —replicó Turner, antes de salir al frío.

La ciudad olía a humedad y a gasolina. Las farolas pintaban sombras largas y los taxistas escuchaban partidos de fútbol como si fueran misas. Turner encendió otro cigarro y caminó sin prisa.

Sabía lo que venía. Entrevistas con gente que mentía por costumbre. Oficinas con aire viciado y agendas tachadas. Pistas falsas, silencios cargados y amenazas disfrazadas de consejos.

Pero también sabía otra cosa: nadie desaparece del todo. Siempre queda algo. Una huella, una deuda, una llamada no devuelta.

Y en este caso, el silencio decía más de lo que nadie estaba dispuesto a contar.

El despacho de Alex Turner tenía el encanto de lo

irremediablemente decadente. Las paredes, pintadas de un color crema que había conocido tiempos mejores, estaban adornadas con recortes de periódico, fotografías en blanco y negro y una estantería despareja de libros leídos a medias. Encima del escritorio de madera agrietada descansaban una Olivetti Lettera que usaba como cenicero, una lámpara de flexo con cable remendado y una pila de carpetas etiquetadas con nombres de clientes que preferirían no ser recordados.

Cuando volvió del bar, lo primero que hizo fue encender la cafetera, que protestó con un sonido similar al de un motor diésel gripado. Aquel café sabía a desesperación, pero cumplía su función: mantenerlo alerta, aunque fuera a base de acidez y rencor intestinal.

Se sentó, se quitó la gabardina mojada y la dejó colgada en el respaldo de la silla. El reloj de pared marcaba las 22:04, aunque sabía que llevaba atrasado al menos cinco minutos desde noviembre. No era que Alex tuviera una relación tensa con el tiempo; simplemente habían dejado de hablarse hacía años.

Abrió un cajón del escritorio y sacó una libreta de tapas duras. En la portada, en letras desvaídas, podía leerse: **"Los que callan mienten mejor"**. Era su archivo de trabajo informal, donde anotaba lo que no ponía en los informes. En esas páginas estaban los gestos, los silencios, los detalles que no sirven ante un juez pero que pueden resolver una vida o arruinarla del todo.

Escribió:

Caso Alarcón. Politiqueo, sonrisa de figurín. Desaparecido con discreción. O lo escondieron bien, o se quiso ir solo. Pistas iniciales: ninguna sólida. Pero huele a cloaca.

Encendió otro cigarro. No por necesidad, sino por disciplina. Era su manera de pensar. Como otros mascaban bolígrafos o se rascaban la cabeza, él envenenaba sus pulmones con humo y recuerdos.

Pensó en el político desaparecido. En lo que había leído, en lo que aún no se había dicho. ¿Qué podía hacer que un hombre como Alarcón se esfumara? ¿Temor? ¿Culpa? ¿Amenaza? Tal vez todo eso y algo más. Porque en política, como en el ajedrez, las piezas se mueven por estrategias que rara vez se entienden desde fuera.

El teléfono fijo sonó. Uno de esos tonos que no se oyen ya, y que traen consigo una nostalgia peligrosa. Descolgó.

—Turner —dijo, sin protocolo.

—No dé nombres. No grabe. Escuche.

La voz era grave, con acento indeterminado. Como esas voces de los que han viajado mucho o han aprendido a ocultar de dónde vienen.

—Hablo poco, escucho menos —respondió Alex, jugueteando con un mechero.

—El diputado Alarcón sabía cosas que no debía. Hay más personas implicadas. Le van a seguir. Le van a ofrecer ayuda. No se fíe de nadie.

—Suena a amenaza de serie B —ironizó Turner—. ¿Y qué gano yo con todo esto?

—La verdad. O parte de ella. A veces eso basta para sobrevivir.

Click. Fin de la llamada.

Turner miró el auricular un segundo más antes de colgarlo. Se quedó en silencio. No por efecto dramático, sino porque no tenía nada mejor que hacer.

Se levantó. Fue hasta la ventana. La calle seguía igual: coches mal aparcados, algún borracho peleando con su sombra y un perro callejero olisqueando las esquinas como si buscara a su antiguo dueño. El mundo, al fin y al cabo, seguía girando. Aunque a veces girara sobre un eje torcido.

Volvió al escritorio y encendió la radio. Música de jazz. Saxo triste, como un grito ahogado en bourbon.

Pensó en lo que sabía hasta ahora: un político sin enemigos públicos, sin escándalos visibles, sin rastro. Una carpeta dejada en un piso vacío. Una llamada anónima. Y el silencio. Siempre el silencio. No como vacío, sino como lenguaje. Un idioma que, si se sabía leer, decía más que cualquier testimonio.

Decidió hacer la primera visita al día siguiente. Beltrán, el periodista. De los pocos que aún olían la corrupción antes de que se hiciera trending topic. Con suerte, tendría algún indicio. Con más suerte, estaría vivo para contarlo.

Miró el reloj. 22:39. Aquel día ya no iba a dar más de sí.

Apagó la lámpara. El flexo chisporroteó como un suspiro eléctrico. Cerró la libreta. Se puso la gabardina, todavía húmeda.

Salió del despacho sin cerrar con llave. Nunca lo hacía. Si alguien quería entrar a robar, se llevaría poco y aprendería mucho.

En la puerta del edificio, el gato del vecino le miró con ojos de juez.

—Ni tú ni yo creemos en casualidades —le dijo, antes de encender otro cigarro.

Y caminó despacio, como si alargar el trayecto pudiera retrasar las preguntas que empezaban a formarse.

El Café Torino había resistido guerras, alcaldes corruptos y hasta el empuje feroz del café para llevar. Era uno de esos lugares donde la madera hablaba y los espejos guardaban secretos. Alex Turner no lo había elegido por romanticismo. Lo había elegido porque allí solía encontrarse con Javier Beltrán, periodista, veterano de mil portadas, y uno de los pocos que aún hacía preguntas incómodas sin esconderse detrás de un teclado.

—Te has vuelto más viejo —dijo Beltrán, sin saludar.

—Tú también. Pero tú no tienes excusa —replicó Turner, quitándose la bufanda con ese gesto mecánico de quien ya ha dicho esa frase demasiadas veces.

Se sentaron en la mesa del fondo, la que olía a coñac derramado y tenía vistas a la parte menos limpia del alma urbana. Beltrán sacó una libreta pequeña y un boli bic mordido. La modernidad, para otros.

—¿Sabes algo de Fernando Alarcón? —preguntó Turner, directo al grano.

—Sé que ha desaparecido. Y que su partido intenta hacer como que no. Lo cual ya es raro —dijo Beltrán, revolviendo el azúcar en su café como si ahí estuviera la clave del misterio.

—Raro es poco. Nadie desaparece sin dejar rastro. Ni siquiera los que quieren desaparecer.

Beltrán lo miró con esa media sonrisa suya, entre cómplice y sarcástica.

—¿Y tú por qué te metes en esto?

—Alguien dejó una carpeta en un piso vacío. Y una nota que olía a amenaza decorada. Suficiente para que me pique la curiosidad.

El periodista asintió. La curiosidad era la droga de los insomnes con vocación de mártir.

—Mira —dijo Beltrán, bajando la voz—, Alarcón no era ningún santo. Pero tampoco era un tiburón. Tenía tratos, sí. Con empresas de suministros, obra pública. Nada que no haga media Cámara. Pero desde hace unos meses, empezó a alejarse. A votar raro. A no acudir a ciertas reuniones. A preguntar demasiado.

—¿Y tú sabes qué preguntaba?

—Sí. Pero no tengo pruebas. Solo rumores.

—Los rumores son el principio de las pruebas. A veces también el final —apuntó Turner.

Beltrán dejó el café y sacó un papel doblado del bolsillo. Lo extendió sobre la mesa. Era una lista de nombres. Cortos, anodinos. Pero con un encabezado que decía: "Reunión extraordinaria. 4 de marzo. Agenda privada."

—No hay constancia oficial de esa reunión. Pero alguien la convocó. Alarcón estaba invitado. Y desde dos días antes, dejó de contestar llamadas. Ni su mujer sabía dónde estaba. Bueno, exmujer. Se separaron hace un año, discretamente. Otro detalle más que no ha salido en prensa.

Turner repasó los nombres. Uno le llamó la atención.

—Sergio Ramis. ¿El mismo Ramis de Fomento?

—El mismo. Y también está Ferrer, de Energía. Y dos empresarios que financian campañas como quien riega plantas: con cálculo y fertilizante.

—¿Y qué une a toda esta gente?

—La energía. Literal y metafóricamente. Hay una guerra abierta por las licitaciones del próximo año. Y Alarcón tenía acceso a informes internos. Informes que no cuadraban con las adjudicaciones.

Turner se apoyó en el respaldo. Cerró los ojos un segundo. El humo del bar, el murmullo de las tazas, todo parecía formar parte de un telón que ocultaba un escenario más sucio.

—¿Y tú qué sabes de esa reunión? —preguntó al fin.

—Solo que Alarcón tenía pensado hablar. Iba a mostrar algo. Un documento, tal vez una grabación. Y luego, pum. Desaparece.

—¿Y los demás asistentes?

—Silencio. Ninguno habla. Algunos niegan incluso haber estado. Pero ya sabes cómo va esto. El poder no se moja. Delega la humedad.

Turner dobló el papel y se lo guardó.

—¿Tienes copia?

—No. Tengo memoria —dijo Beltrán, señalando su sien—. Mientras dure.

Pagaron sin prisas. Salieron al frío de la tarde con la sensación de haber abierto una puerta que llevaba años cerrada.

—Te llamo si saco algo más —dijo Beltrán antes de perderse entre los paraguas.

Turner se quedó en la esquina, viendo cómo la ciudad fingía normalidad. Taxis, gente apurada, luces de semáforo. Pero todo tenía un aire de impostura, como si debajo de esa rutina alguien estuviera tensando los hilos.

Encendió un cigarro. Pensó en la lista. En los nombres. En la reunión. Todo olía a conspiración de manual, pero con una salvedad: los conspiradores eran reales, respiraban y comían en los mismos restaurantes caros donde los camareros ya sabían qué vino servirles sin preguntar.

La desaparición de Alarcón dejaba de ser un caso aislado. Era una grieta. Y Turner ya había metido el pie.

Hablar del poder es fácil. Se le pone cara, se le inventan nombres, se le atribuyen frases de despacho o de tertulia. Pero enfrentarlo… eso es otro asunto. Y más aún cuando el poder no tiene rostro, sino intereses. Intereses que se cruzan, se ocultan y se financian unos a otros en un juego de espejos donde los perdedores ni siquiera saben que están jugando.

Alex Turner caminaba por el Paseo de la Constitución con la cabeza agachada y las manos en los bolsillos. Había pasado la tarde revisando recortes antiguos sobre Fernando Alarcón: declaraciones parlamentarias, discursos templados, propuestas de ley enterradas por comisiones eternas. Nada brillante. Nada escandaloso. Pero sí coherente. Y eso, en política, era sospechoso.

El tipo había querido hacer las cosas bien. Había empezado a hacerse preguntas, y el sistema había activado su mecanismo más eficaz: el olvido.

Pero Turner no era amigo del olvido.

Se dirigió a la sede del partido al que había pertenecido Alarcón. Un edificio de líneas frías, fachada de cristal blindado y recepcionistas con cara de no querer saber nada. En el vestíbulo, un plasma mostraba imágenes de logros institucionales: nuevas escuelas, reformas sanitarias, árboles plantados con gran cobertura mediática. Ni una mención a Alarcón.

Pidió hablar con la jefa de prensa. No le sorprendió que le ofrecieran un café y una negativa amable.

—Don Fernando está de baja médica —dijo la mujer, rubia, sonrisa prefabricada, pulsera de actividad en la muñeca—. Tiene problemas personales. Y no damos más información. Por respeto a su intimidad.

—¿Desaparecer sin avisar es un problema personal? —preguntó Turner.

—No desapareció. Está en contacto con nosotros. Solo que… bueno, no concede entrevistas.

Turner la miró. Sabía leer mentiras envueltas en eufemismos.

—¿Y los compañeros? ¿Ninguno ha notado nada raro?

—Estamos centrados en los próximos presupuestos. Hay mucho trabajo, como podrá imaginar.

Lo imaginaba. La rueda no se detiene. El sistema político funciona con una eficacia que haría palidecer a cualquier sindicato del crimen: cuando una pieza falla, se sustituye. Rápido. Sin duelo.

Turner agradeció el café y se marchó.

En la calle, llamó a un antiguo contacto: Jaime Llorente, exasesor de comunicación y actual parásito de los cócteles institucionales. Le debía un par de favores, uno de ellos por no haber publicado cierta grabación con comentarios poco edificantes sobre la ministra de Cultura y una modelo eslovena.

—¿Sabes algo de Alarcón? —preguntó Turner sin rodeos.

—Sé que molesta. Y que cuando alguien molesta en ese nivel, o lo compran… o lo desaparecen.

—¿Tú crees que lo han hecho desaparecer?

—Creo que él no era de los que se dejaban comprar. Lo que me da la respuesta sin necesidad de más detalles.

—¿Sabes con quién andaba últimamente?

—Con nadie. Eso fue lo raro. Dejó de asistir a los almuerzos, dejó de aparecer en los briefings, dejó incluso de contestar a los mensajes. Eso en política es más grave que asesinar a un perro en directo.

Turner colgó sin más. Las piezas seguían sueltas, pero el marco se empezaba a dibujar: Alarcón sabía algo que no debía. O iba a decir algo que nadie quería oír.

Volvió al despacho con el anochecer pegado a la espalda. Se sentó, encendió la lámpara y desplegó los papeles sobre la mesa. La ficha de Alarcón. La lista de la reunión. Las notas de Beltrán.

El nombre de Ramis subrayado. Los recortes de prensa. Todo formaba una constelación caótica, pero cada estrella parecía girar alrededor de una misma gravedad: dinero público y energía.

La fórmula de siempre.

Los contratos energéticos eran como las tormentas solares: nadie los entendía del todo, pero sus efectos eran devastadores. Las adjudicaciones de parques eólicos, las concesiones de distribución, los favores devueltos en forma de dietas, los sueldos en consejos de administración tras la jubilación dorada. El engranaje de la política convertido en mercado.

Y en medio de todo eso, un diputado con principios. Una anomalía.

Alex escribió una frase en su libreta, con letra firme:

Alarcón era la grieta. Y alguien tapó la grieta antes de que se ensanchara.

Se quitó los zapatos. Encendió la radio. El saxo volvió a sonar. La noche se colaba por las rendijas de la ventana como una certeza amarga.

Sabía que a partir de aquí, cada paso lo alejaba de la seguridad y lo acercaba a un terreno donde las reglas eran otras. Donde la ley no dictaba sentencias, sino advertencias. Y el silencio era la forma más eficaz de obediencia.

Pero ya estaba dentro. Había abierto la carpeta. Había hecho preguntas. Y, sobre todo, había empezado a escuchar lo que no se decía.

CAPÍTULO 2:
ENREDOS POLÍTICOS

En la política española —y Turner sabía esto porque lo había visto más veces de las que le gustaría— los nombres no se forjan por méritos, sino por vínculos. Por cenas discretas, favores con factura a largo plazo y abrazos de pasillo que parecen cordiales, pero esconden cuchillos. Los apellidos no son etiquetas, son llaves. Algunas abren despachos. Otras, sótanos.

Alex pasó la mañana siguiente repasando la lista que Beltrán le había facilitado. Cinco nombres, cinco cargos, cinco piezas que, por sí solas, ya daban para una novela de corrupción con tapa dura.

Encabezando la lista, Sergio Ramis, actual secretario de Estado de Fomento. Un hombre de mandíbula cuadrada y discurso vacío, experto en adjudicaciones millonarias y en negar tres veces antes de que el gallo cante. Había sido la sombra de tres ministros distintos, y todos ellos acabaron con chalets nuevos y memoria selectiva.

Luego estaba Elena Ferrer, directora general de Energía Renovable. Ferrer era una tecnócrata con talento, sí, pero también con un historial de relaciones peligrosas. Su apellido había aparecido en varios informes de auditoría interna que, misteriosamente, nunca vieron la luz. El poder tiene la capacidad de apagar luces sin que se note.

El tercero: Tomás Luján, presidente del consejo de administración de Enerplus, la empresa que más contratos había recibido en los últimos tres años. Luján tenía ese tipo de sonrisa que se ve en las portadas de revista económica, siempre con los ojos medio cerrados, como si supiera algo que el lector no. Y lo sabía. Lo sabía todo.

Los otros dos nombres eran menos conocidos, pero no por ello menos relevantes. Un empresario menor, con sede fiscal en Andorra, y un asesor parlamentario que había pasado de llevar cafés a dirigir campañas en apenas dos años. Ese tipo de ascensos solo los explicaba una mano invisible... o muy visible, según desde dónde se mirase.

Turner hizo una pausa. Se preparó un café aguado y abrió su libreta.

Cinco nombres. Cinco piezas. Si Alarcón iba a hablar, ¿qué iba a decir? ¿Qué relación unía a esta gente más allá de una reunión sin acta?

Había una constante: Enerplus. Todos, de un modo u otro, orbitaban en torno a esa empresa. Ferrer con los informes técnicos, Ramis con las adjudicaciones, Luján como beneficiario directo. Y el empresario andorrano... posiblemente como canal de entrada o salida de fondos. El asesor, seguramente, como chico de los recados disfrazado de estratega.

Decidió empezar por lo más accesible: el asesor. Un tipo llamado Marcos Peñalver. Joven, sonriente, encantador. El típico espécimen que nace con una corbata puesta y que puede mentir mirando a los ojos sin que se le mueva una ceja. Turner lo localizó en una cafetería del barrio de Chamberí, donde solía reunirse con periodistas afines y diputadas de voz dulce y cartera gorda.

—Turner. He oído hablar de usted —dijo Peñalver, estrechándole la mano con firmeza medida.

—Yo también he oído hablar de usted. Por eso estoy aquí.

Se sentaron. Turner pidió un café solo. Peñalver un té verde con jengibre.

—Estoy investigando la desaparición de Fernando Alarcón —dijo

Alex, sin adornos.

—Una pena. Buen tipo. Reservado, eso sí. Nunca supe muy bien de qué pie cojeaba.

—¿Estuvo usted en la reunión del cuatro de marzo?

Peñalver sonrió. Un segundo más de lo necesario.

—¿Qué reunión?

—La que no está en ninguna agenda. La que se celebró en el ático del Hotel Emperador. La misma donde estaban Ramis, Ferrer y Luján.

—Ah, esa reunión. No sé de qué me habla —dijo, esta vez sin sonreír.

Turner lo observó. Los ojos del chico se habían tensado, pero su cuerpo seguía relajado. Entrenado.

—¿Y sabe por qué Alarcón dejó de contestar llamadas después de eso?

—Mire, Turner —dijo Peñalver, inclinándose levemente hacia delante—. El Congreso es un avispero. La gente desaparece todo el tiempo. Algunos porque quieren. Otros porque deben. Y a veces es lo mismo.

—¿Y usted qué cree que fue?

—Creo que hay preguntas que uno no debe hacerse si quiere dormir tranquilo. Y usted tiene pinta de insomne profesional.

Turner apuró el café. Se levantó.

—Gracias por su tiempo.

—De nada. Pero no se meta en esto más de lo necesario. Hay gente que no entiende bien la diferencia entre un investigador privado y un problema público.

De vuelta en la calle, Turner encendió un cigarro y apuntó en su libreta:

Peñalver sabe más de lo que dice. Y lo que no dice, confirma que estoy en el camino correcto.

La sombra del poder no siempre se presenta como amenaza. A veces viene en forma de té verde y consejos bienintencionados. Pero Turner ya había estado en ese terreno. Y sabía que cuando alguien empieza a recomendarte que te apartes, es que has pisado donde duele.

Y él acababa de meter el pie hasta el tobillo.

Los bares tienen memoria. No porque recuerden, sino porque conservan. La mugre en las esquinas, las marcas de vasos en la madera, las conversaciones en voz baja que no se borran aunque se repitan cada noche con otras palabras. Turner conocía bien ese ecosistema. Allí era más fácil que alguien soltara algo. Sobre todo si la bebida era barata y el silencio, cómplice.

Esa noche eligió el *Bar Cuervo*. No figuraba en ninguna guía, ni salía en Instagram. La decoración no era vintage, era vieja. Las lámparas colgaban como arrepentidas, y el camarero, Antonio, tenía un oído entrenado por años de confesiones voluntarias y amenazas susurradas.

—¿Lo de siempre, Turner? —preguntó, sin levantar la vista del vaso que secaba.

—Con hielo y sin conversación, de momento.

Se sentó en la esquina del fondo, donde el humo del tabaco aún era legal por inercia. El lugar estaba medio vacío. Un tipo con americana beige leía el *Marca* en la barra. Dos hombres discutían sobre política como quien discute sobre la alineación del domingo. En una mesa cercana, una mujer sola, móvil en mano, hacía ver que esperaba a alguien.

Turner hojeó su libreta. Apuntes sobre Alarcón, la reunión secreta, los nombres que empezaban a repetirse como estribillos sin melodía. Todos los caminos llevaban a Enerplus. Y Enerplus tenía tentáculos en los sitios donde no llegaba la prensa: licitaciones a puerta cerrada, consultoras pantalla, ONG que funcionaban como lavanderías sentimentales.

Antonio se acercó con el vaso.

—Hoy vino un tipo preguntando por ti. No dio nombre, pero parecía de los que no aceptan no como respuesta.

—¿Qué quería?

—Verte. No dijo más. Pero dejó esto.

Un sobre. Pequeño, cerrado con celo y sin remitente. Turner lo abrió con cuidado. Dentro, un recorte de periódico fechado hacía dos años: "El diputado Alarcón cuestiona contrato de Enerplus en el Congreso". Y escrito a mano, en rojo:

"El principio del fin".

Debajo, una dirección: *Calle Alarcón, número 17. 2ºB. 23:00 h.*

Turner miró el reloj. Eran las 22:19. Quienquiera que fuese, no le daba mucho margen. Pagó en efectivo, con una propina exagerada.

—¿Alguna recomendación?

Antonio se encogió de hombros.

—Si decides ir, lleva el mechero lleno y los ojos bien abiertos.

Calle Alarcón quedaba al sur de la ciudad, en un barrio donde la policía patrullaba con discreción y los buzones estaban protegidos con candado. Turner llegó en taxi. Prefirió no ir en su coche: cuando el misterio llama a la puerta, mejor que no reconozca la matrícula.

El edificio tenía el aspecto de quien no espera visitas. Escalera estrecha, paredes desconchadas, olor a humedad vieja. Llamó al 2ºB. Nadie respondió. La puerta estaba entornada.

Entró.

Luces apagadas. Persiana medio bajada. Una figura en la penumbra.

—Cierre la puerta, por favor.

Turner obedeció. La figura encendió una lámpara de escritorio. Era un hombre de unos sesenta, pelo canoso, manos grandes. Llevaba camisa sin planchar y una mirada que no había dormido bien en semanas.

—Me llamo Julián Cobo. Ex auditor del Ministerio de Energía.

Turner no dijo nada. Solo asintió.

—Yo estuve allí cuando Alarcón pidió acceso a los expedientes de Enerplus. Fue hace más de un año. Lo que encontró no le gustó. Y a otros, menos aún.

—¿Qué encontró?

—Desvíos. Facturación inflada. Proyectos ficticios. Empresas pantalla conectadas con Ramis, Ferrer y algún pez más gordo del que ni siquiera yo sé el nombre.

—¿Y por qué me lo cuenta a mí?

—Porque él confiaba en usted. Lo mencionó. Dijo que si algo le pasaba, alguien como Turner sabría por dónde empezar.

Turner tragó saliva. Esa mención no era halago, era compromiso. El tipo lo miraba con la intensidad de quien se ha jugado la vida por una verdad y sabe que está a punto de perderla.

—¿Tiene pruebas?

—Algunas. No todas. Guardé copias. Pero están en un sitio al que ya no tengo acceso. Necesito su ayuda.

—¿Y qué espera de mí?

—Que me ayude a sacarlas de ahí. Y que, si a mí me pasa algo... siga usted.

Turner se frotó la cara. Sabía lo que eso implicaba. No era solo un caso. Era una herencia de miedo.

—¿Dónde están?

—En una caja de seguridad. Banco Colonial. Sucursal de Santa Eugenia. A nombre de Alarcón.

Turner lo anotó. Salió del piso con el estómago revuelto. El aire frío no ayudaba.

Había empezado buscando a un desaparecido. Ahora sabía que también lo estaban buscando a él. Y no para darle las gracias.

Encendió un cigarro. El encendedor tembló en su mano.

Sabía que a partir de ahora, cualquier conversación podía ser la última. Pero también sabía que no iba a parar.

Porque ya no era solo el caso de Alarcón.

Era suyo.

La diferencia entre una pista y una prueba es la misma que entre una sospecha y una condena: intención y contexto. Turner lo sabía de sobra. A veces, una foto borrosa podía hacer tambalear un ministerio. Otras veces, un vídeo con sonido nítido no bastaba ni para abrir un expediente. Todo dependía de quién mirara. Y de cuánto le convenía mirar.

La mañana siguiente amaneció gris, con la ciudad cubierta de esa humedad que no llueve, pero cala. Turner desayunó café solo y una tostada carbonizada que habría desanimado a cualquier nutricionista. Luego repasó los datos obtenidos: una caja fuerte en el Banco Colonial, documentación supuestamente incriminatoria, y la mención directa a su nombre en boca de un desaparecido.

Era suficiente para preocuparse. Pero no para actuar.

El problema era cómo acceder a esa caja sin ser Alarcón. O sin un juzgado detrás. El banco no era el tipo de lugar donde uno pudiera entrar con una sonrisa y una historia convincente. Allí no funcionaban los encantos, solo los códigos y las autorizaciones.

Turner hizo dos llamadas. La primera a un notario retirado que le debía una copa y un favor de hace años. La segunda, a una amiga que trabajaba en la oficina central del banco, especializada en control de accesos.

—¿Quieres que falsifique un documento? —preguntó ella, con ese tono medio indignado, medio divertido que solía usar cuando sabía que lo haría de todos modos.

—Quiero que me ayudes a confirmar que existe esa caja. A nombre de Fernando Alarcón. Y si alguien ha intentado acceder a ella recientemente.

—Eso puedo hacerlo. Pero si preguntan, no me conoces. Ni existo.

—Así me gusta —dijo Turner—. Con vocación de fantasma.

Mientras esperaba la respuesta, decidió repasar las pistas que ya tenía. Beltrán le había confirmado la reunión. El asesor Peñalver había mentido como un actor sin guion. Y Julián Cobo, el auditor, le había dado la dirección exacta de una posible prueba.

Pero, hasta ahora, nada demostrable. Todo eran indicios, intuiciones, frases entrecortadas. Y eso, en una investigación, servía de poco. Lo que necesitaba era algo físico. Algo que sonara como un portazo.

La llamada llegó a las 12:42.

—La caja existe. Está activa. Nadie ha accedido desde hace semanas. Y sí, está registrada a nombre de Alarcón. Pero también hay un segundo nombre autorizado para retirarla: Elena Ferrer.

Turner se quedó en silencio.

—¿Ferrer? ¿La de Energía?

—Exacto. Aparece como cotitular. Una maniobra legal, aunque poco habitual.

—¿Y la firma coincide?

—No puedo decir más. Pero digamos que está registrada… y que no es reciente.

Colgó. El círculo se cerraba. Ferrer tenía acceso. Lo que significaba dos cosas: o sabía que los documentos estaban ahí y los quería vigilar, o no sabía que Alarcón los había depositado… y eso podría explicar muchas cosas.

Turner anotó:

Caja compartida. Alarcón-Ferrer. Si no es cómplice, está en el centro del huracán.

Decidió visitarla.

Ferrer tenía despacho en el edificio administrativo de la Avenida Sur. Un monstruo de cristal con columnas de mármol falso y recepcionistas con sonrisa de bluetooth. No era el tipo de sitio que facilitara una charla informal. Así que usó su vieja táctica: hacerse pasar por periodista de un medio especializado en energías renovables. Nadie cuestiona a un periodista si parece aburrido.

Tras veinte minutos de espera, le concedieron cinco minutos. Ni uno más.

—Señora Ferrer —dijo Turner, entrando al despacho con la mirada puesta en los cuadros abstractos que decoraban las paredes—. Le prometo que seré breve.

—Eso espero. Tengo una agenda complicada.

La mujer no aparentaba más de cuarenta y cinco. Traje oscuro, voz precisa, modales afilados. Había aprendido a hablar sin decir nada y a mirar sin conceder terreno.

—Estoy preparando un reportaje sobre el impacto del caso Alarcón en el sector energético. Y su nombre ha salido en varias fuentes.

—¿Alarcón? —preguntó ella, con una mueca apenas perceptible de molestia—. No tengo relación con él desde hace meses. Éramos colegas de comisión, nada más.

—Entiendo. Solo una última cosa: ¿sabía usted que comparte una caja de seguridad con él?

Un segundo de silencio. Solo uno. Pero suficiente.

—Eso no es asunto suyo.

—Entonces es cierto.

—Esto se ha terminado, señor Turner —dijo, y pulsó discretamente un botón bajo el escritorio.

Él sonrió, se levantó y se marchó sin decir más. Había obtenido lo necesario: una reacción.

En la calle, mientras encendía un cigarro, anotó en su libreta:

Ferrer sabe. Y teme. No por Alarcón. Por lo que Alarcón pudo guardar. Y por lo que podría salir.

Sabía que estaba cada vez más cerca. Pero también sabía que esa cercanía era peligrosa.

Porque las pistas, por ahora, seguían sin prueba.

Y los que manejaban las pruebas... no acostumbraban a compartirlas con nadie vivo.

Los expedientes que no existen son los más peligrosos. Porque su ausencia pesa. Porque los archivos vacíos también hablan. Y lo que callan suele ser más revelador que cualquier declaración firmada ante notario. Turner lo sabía bien. Había pasado años husmeando en cajones cerrados y servidores apagados, buscando lo que alguien se había tomado la molestia de borrar.

Tras la visita a Elena Ferrer, el caso Alarcón había dejado de parecer una desaparición voluntaria. Ahora era una eliminación metódica. Un borrado. No físico, al menos no todavía, pero sí político, administrativo, social. Como si Fernando Alarcón hubiera sido reabsorbido por el sistema que una vez creyó conocer.

Turner necesitaba algo más. Un documento. Una firma. Un archivo que probara que Alarcón sabía lo que decía y que intentó dejar rastro.

Recordó una conversación de hacía años con un funcionario de segunda fila, experto en mover papeles de un departamento a otro sin dejar huellas. Un burócrata vocacional, con alma de archivero y lengua suelta tras dos cañas. Se llamaba Ramiro Casals y trabajaba, según recordaba Turner, en la Subdirección General de Evaluación Técnica.

Le localizó tras una media hora de llamadas y una mentira amable sobre una supuesta entrevista para un suplemento especializado. Casals accedió a verse esa misma tarde, en un bar discreto cerca del Ministerio.

—Turner... me suena tu cara. ¿Tú no eras el del caso de la filtración aquella del consorcio de transportes?

—El mismo. Y en paz descansó el consorcio.

Casals rió con desgana. Tenía cara de haber sobrevivido a muchas reformas administrativas y algún que otro expediente sancionador.

—¿Qué quieres saber?

—Un expediente. O la sombra de uno. Fernando Alarcón, año pasado, algo relacionado con Enerplus. Informes, notas internas, cualquier cosa que no haya llegado a la Comisión pero que se haya movido por debajo.

Casals hizo una pausa. Removió el hielo en su vaso y bajó la voz.

—Alarcón pidió una auditoría externa. Eso es cierto. Pero no pasó del nivel tres. Nunca llegó a firmarse oficialmente.

—¿Y entonces?

—Entonces hubo una reunión. A puerta cerrada. Con dos técnicos de Presidencia. Al día siguiente, el expediente desapareció del sistema. Técnicamente nunca existió.

—Pero sí existió.

—Durante 48 horas, sí. Yo lo vi. Era un informe preliminar, pero señalaba sobrecostes en al menos cuatro contratos adjudicados a Enerplus. Y había notas manuscritas de Alarcón pidiendo aclaraciones.

Turner se inclinó.

—¿Tú tienes copia?

—¿Estás loco? Eso sería ilegal.

—No he preguntado si es legal. He preguntado si existe.

Casals dudó. Finalmente, sacó del bolsillo interior de su chaqueta una memoria USB.

—Esto no existe. No se ha copiado. No se ha leído. Y no está firmada. ¿Entendido?

Turner asintió, mientras se guardaba el pequeño dispositivo como quien recoge un arma cargada.

—¿Y por qué me lo das?

—Porque Alarcón era de los buenos. Y porque esto me quita el sueño.

—¿Sabes si alguien más lo ha visto?

—Sí. Ferrer. Y Ramis. Y, si me preguntas, creo que fue Ramis quien dio la orden de "borrarlo".

—¿Y cómo lo sabes?

—Porque a la semana siguiente, a mí me cambiaron de puesto. Sin explicaciones.

Salieron juntos del bar. Turner le estrechó la mano con firmeza.

—Gracias, Ramiro.

—Cuídate, Turner. Esto no es un juego. Ya no lo es.

De vuelta en su despacho, conectó la memoria al viejo portátil. El archivo estaba ahí: *"INFORME-PRELIMINAR-F.A."*. Un documento escaneado, con anotaciones al margen, diagramas de flujo, cifras infladas, nombres tapados con tinta negra que, sin embargo, dejaban entrever lo suficiente.

Era el esqueleto del escándalo.

No bastaba para llevar a nadie a juicio. Pero sí para tirar del hilo. Y, con suerte, hacer ruido. O miedo.

Apagó el ordenador. Se sirvió un whisky. Miró por la ventana mientras la noche caía sobre la ciudad como una confesión tardía.

Alarcón lo había intentado. Había dejado una señal. Un expediente invisible. Pero ahora, ese expediente estaba en manos de Turner.

Y eso lo convertía en el siguiente en la lista.

Había algo seductor en el silencio. No el de los ascensores o los pasillos de hospital, sino el otro: el que se ofrece como salida elegante cuando la verdad pesa más de lo tolerable. Turner lo había visto muchas veces. Testigos que olvidaban, fiscales que perdían interés, periodistas que cambiaban de tema. Silencio no como vacío, sino como blindaje.

Esa noche, mientras repasaba el informe preliminar que le había entregado Ramiro Casals, Alex Turner sintió la tentación. No de retirarse —él no era de esos—, pero sí de dejar el expediente en un sobre, entregarlo a un periodista y volver a las infidelidades conyugales y a las grabadoras ocultas en bolsos de charol. Al menos allí, nadie desaparecía por hacer demasiado bien su trabajo.

Pero ya era tarde. Estaba dentro. Hasta el fondo. Y lo que tenía en las manos no era solo un documento comprometedor. Era una confesión inconclusa. Una señal de socorro lanzada desde el núcleo más sucio del sistema.

Apagó la lámpara. La radio sonaba baja. Un trombón lloraba algo que podía haber sido jazz o política.

La mañana siguiente amaneció con llamadas. Primero Beltrán, el periodista.

—Me han dicho que estuviste husmeando en el Ministerio. Y que has hablado con Ferrer.

—La gente está muy atenta, ¿no?

—Sí. Tanto que alguien ha preguntado por ti en mi redacción. Dicen que eres "una amenaza a la estabilidad". Bonita forma de decir que molestas.

Turner sonrió con amargura.

—¿Tú sabías lo de la auditoría de Alarcón?

—Lo intuía. Pero no tenía pruebas. Si tú las tienes... no las enseñes todavía. No sin un plan.

—Tengo una copia. Preliminar. Pero sólida.

—Entonces ahora eres valioso. Y vulnerable.

Colgó.

Turner salió a la calle. Tenía una cita con Julián Cobo, el ex auditor. Quería confirmar si lo que Casals le había dado coincidía con lo que él recordaba. Pero cuando llegó al pequeño piso del barrio de Usera, se encontró con una cinta policial cruzando la puerta.

Dos agentes custodiaban el rellano.

—¿Qué ha pasado? —preguntó Turner, haciéndose pasar por vecino.

—El inquilino apareció muerto esta mañana. Suicidio, parece. No hay signos de violencia.

Mentira.

Cobo no era de los que se rendían. Al menos no sin dejar testamento.

Turner bajó las escaleras con el estómago apretado. Aquello dejaba de ser solo peligroso. Ahora era real.

No era una metáfora. La gente moría. Por hablar. Por saber. Por no callarse a tiempo.

De vuelta en su despacho, puso una nota en su libreta:

Han empezado a limpiar. Y Cobo ha sido el primero. No será el último.

Encendió un cigarro. Luego otro. Pensó en marcharse. No del caso, sino de la ciudad. Una semana fuera. En algún sitio donde las cosas importantes se reducen a pescar, dormir y comer sin leer los periódicos.

Pero se le pasó.

Porque el silencio es tentador, sí.

Pero también es cómplice.

Y Turner no era de los que se lavaban las manos. Prefería mancharlas, si eso ayudaba a señalar.

Miró el expediente de nuevo. El nombre de Ramis aparecía en al menos tres esquemas. El de Ferrer en dos. El de Alarcón, en todos. No como autor, sino como testigo. Como quien había visto la maquinaria desde dentro y había intentado detenerla sin saber que estaba condenado.

Ese informe podía volar cabezas. Pero también podía sellar su tumba. Y las tumbas, lo sabía bien, no entienden de justicia. Solo de silencio.

CAPÍTULO 3: BAJO LA SUPERFICIE

Hablar con una ex pareja de un desaparecido es como asomarse a un pozo. A veces hay eco. A veces hay barro. Y en ocasiones, con suerte o con cuidado, se encuentra el reflejo de una verdad que no se ha querido mirar de frente. Turner sabía que las exmujeres no eran fuentes fiables. Eran mejores que eso: eran fuentes apasionadas. Y cuando el amor se pudre, deja un sedimento de memoria muy difícil de silenciar.

La encontró en un café cerca del Retiro, con nombre francés y pretensiones de modernidad. Paredes blancas, camareros de delantal y lámparas que no alumbraban nada más que las modas.

Ella se llamaba Clara Herreros. Abogada. Inteligente. Seca. Y peligrosamente elegante. Una mujer que había dejado de pedir permiso y que ahora solo se preocupaba de que no le interrumpieran.

Turner llegó puntual. Siempre lo hacía cuando intuía que la otra parte no lo sería. Y no se equivocó: ella apareció diez minutos tarde, sin excusas, sin sonrisa, sin perfume.

—Señor Turner. ¿Para qué me ha hecho venir?

—Para hablar de Fernando Alarcón.

Ella alzó una ceja. Se sentó frente a él y pidió un té sin mirar al camarero.

—No tengo nada que decir sobre mi exmarido.

—Siempre se tiene algo que decir sobre los exmaridos. Especialmente cuando desaparecen.

Ella dejó la cucharilla en el platillo con un gesto mecánico.

—Fernando ya había desaparecido antes de irse.

Turner anotó mentalmente la frase. Poética y útil.

—¿A qué se refiere?

—A que llevaba meses viviendo en silencio. Encerrado. Apagado. Como si hubiera descubierto algo demasiado grande para él.

—¿Dijo algo? ¿Mencionó nombres?

—Nunca. Pero dejó de dormir. Empezó a escribir mucho. En papeles sueltos, en la parte de atrás de facturas, en servilletas. Lo cogías de la mano y estaba helado. A veces se le olvidaba cenar. A veces fingía que lo hacía.

—¿Sabía usted que tenía una caja de seguridad compartida con Elena Ferrer?

Ella no se sorprendió. Pero sus labios se tensaron levemente.

—Sí. Lo supe después. Cuando ya no vivíamos juntos. Me lo contó un amigo común. Me hizo gracia. Fernando y Ferrer siempre parecían tenerse un desprecio cordial.

—¿Y usted qué cree?

—Creo que Fernando confiaba en muy poca gente. Y que, cuando encontró algo, no supo a quién acudir. Supongo que pensó que, si ella estaba implicada, la haría cómplice… o la obligaría a guardar el secreto.

—¿Alguien lo presionaba?

—Claro que sí. Pero no con amenazas. Con invitaciones. Con elogios. Con ese tipo de soborno emocional que se da en los pasillos del Congreso. "Estás haciendo un gran trabajo, Fernando. Pero no conviene abrir ese melón ahora. Ya sabes cómo está el clima". Palabras dulces, pero con filo.

El té se enfrió sin que ella lo probara.

—Yo fui su mujer —dijo, de pronto—. Y eso no me convierte en heredera de su verdad. Pero sí me obliga a decirle algo.

—Diga.

—Fernando no quería ser mártir. Quería justicia. Y si usted va a hacer algo con lo que sabe… hágalo antes de que lo callen a usted también.

Turner asintió, sin añadir nada.

Ella se levantó. Dejó el dinero sobre la mesa. No esperó respuesta.

Cuando se fue, el camarero retiró el té sin preguntar.

Turner se quedó solo con su libreta abierta. Anotó:

Fernando escribió. Mucho. Buscaba redención o protección. Puede que haya dejado algo en otro sitio.

Y luego una frase que no sabía si era suya o de ella:

El que guarda el silencio más grande es el que más temía hablar.

Cruzó el Retiro a pie. Sin rumbo, pero con propósito. La ciudad parecía la misma, pero ya no lo era. Él tampoco.

Ahora tenía una nueva pista: la escritura compulsiva. Quizás notas, quizás un diario. Y si existía… debía encontrarlo.

Porque ella lo había dicho claro.

Fernando no quería desaparecer.

Pero lo habían hecho desaparecer igual.

La fotografía no miente. Pero tampoco dice toda la verdad. Congela lo visible, esconde lo que pasó antes y después. Turner tenía varias cajas llenas de álbumes de clientes que habían jurado que no sabían nada y, sin embargo, estaban en la foto correcta, con la sonrisa incorrecta, junto a la persona equivocada. La imagen como testigo. La memoria como fiscal.

Después de hablar con Clara Herreros, Turner se dirigió a la antigua casa que había compartido con Alarcón. Ella se lo había dicho sin decirlo: si Fernando había escrito algo, si había dejado huellas de su tormenta, lo más probable es que estuvieran donde una vez creyó estar a salvo. En casa.

Clara no puso pegas. Le dio una copia de la llave, con una advertencia: "No saque nada. Solo mire. Él odiaba que le tocaran los papeles."

La casa estaba en el barrio de Salamanca. Cuarto piso con terraza, muebles de madera oscura y un leve olor a tiempo detenido. Turner entró sin encender las luces. Se movía como en una escena ya ensayada: pasillo largo, salón a la izquierda, despacho al fondo.

El despacho estaba como lo había descrito Clara: ordenado desde fuera, caótico por dentro. Papeles apilados sin sistema aparente, carpetas sin etiquetar, libros abiertos boca abajo como si esperaran que alguien los retomara.

En el cajón del escritorio encontró lo que buscaba: una caja de cartón con fotos. Las típicas de político en campaña, de inauguraciones, de cenas de gala. Alarcón estrechando manos, sonriendo con la sonrisa del que aún cree que la política es una forma de servicio. Pero también había otras: fotos en blanco y negro, más viejas, sin fecha, sin contexto.

Una le llamó la atención. Era una imagen borrosa, tomada en un interior, probablemente una sala de reuniones. En ella, Fernando Alarcón aparecía de perfil, inclinado sobre unos papeles. A su lado, sentado, estaba Sergio Ramis. Al fondo, desenfocado pero reconocible, Tomás Luján. No era una foto oficial. Era una captura clandestina. Una que nadie querría ver publicada.

Turner la giró. Detrás, con letra apretada y nerviosa, Alarcón había escrito:

"Ellos sabían. 12 de diciembre. No olvidar esta noche."

No era una prueba. Pero era algo.

Siguió revisando. En una carpeta marcada simplemente como "B", encontró varias copias de informes económicos, algunos subrayados, otros anotados con símbolos que Turner no entendía. Y entre ellos, una hoja escrita a mano, sin membrete:

"Si me pasa algo, buscar en el trastero de Clara. Caja azul. Código: 3105."

Turner no era religioso, pero en ese momento sintió que alguien le soplaba al oído. 3105. El cumpleaños de Clara. O el de su hija. Algo con sentido. Algo íntimo.

Guardó la hoja. Volvió a cerrar todo como estaba. Salió sin dejar huellas, con la sensación de haber cruzado un umbral invisible. Ahora ya no era solo un investigador. Era un heredero.

Camino al trastero, se planteó la posibilidad de que fuera una trampa. Que Alarcón hubiera dejado ese mensaje sabiendo que alguien más podía encontrarlo. Pero se le pasó pronto. Fernando no era un jugador. Era un testigo. Uno que había visto demasiado.

El trastero estaba en el sótano. Oscuro, húmedo, lleno de recuerdos embalados y bicicletas que ya no pedaleaban. Encontró la caja azul. No tenía candado. Solo una cerradura numérica. Marcó 3-1-0-5. Abrió.

Dentro, cuadernos. Cuatro. Escritos a mano. Pequeños. De tapas duras. Sin título.

Leyó la primera página:

"Me vigilan. Hoy Sergio me ha dicho que cierre la boca. No fue una amenaza. Fue una advertencia. Empiezo a escribir esto por si no puedo hablar mañana."

Turner cerró el cuaderno. Respiró hondo. Miró alrededor como si esperara que alguien lo estuviera observando.

Nadie lo hacía. Pero ya era tarde.

Las fotos no mentían. Las notas tampoco. Y ambas juntas decían algo muy claro: Alarcón había preparado su confesión.

Y ahora Turner era el guardián de esa verdad.

Los hijos no siempre son una herencia genética. A veces son una excusa, un espejo o una carga. Otras, simplemente una coartada emocional para no sentirse del todo solo. Turner había aprendido que, en política, la familia solía usarse como escudo o como trampolín. Y cuando el escándalo asomaba, se convertía en la primera línea de fuego.

Revisando los cuadernos manuscritos de Alarcón, encontró una mención constante y críptica a "R.". Nunca con apellido, nunca con contexto. Solo "R." seguido de frases como: "No lo sabe todo", "No debo implicarlo" o "Si cae, caeré con él". No parecía un adversario. Tampoco un colega. Más bien, alguien por quien sentía una mezcla de culpa, miedo y afecto.

Decidió preguntar a Clara. Volvió a llamarla. Quedaron en una cafetería más austera que la anterior. Esta vez, sin pretensiones francesas ni camareros de barba recortada. Clara llegó sin maquillaje. Directa.

—¿Quién es R.? —preguntó Turner antes de que ella pidiera siquiera un café.

Clara suspiró.

—Rubén. Rubén Alarcón. Su hijo. Bueno… no biológico. Fernando lo adoptó con cinco años. Era hijo de una relación anterior mía. Lo criamos juntos. Lo quiso como si fuera suyo. Pero nunca firmó la adopción legal.

—¿Por qué?

—Por cobardía. Por conveniencia. Por no tener que explicar ciertas cosas en el partido. Rubén era hijo de mi primera pareja. Un sindicalista bastante radical. Fernando temía que esa conexión se convirtiera en un lastre.

—¿Y Rubén?

—Lo adoraba. Pero se fue. Hace dos años. Discutieron. Rubén decía que Fernando se había vendido. Que hablaba de ética, pero comía del plato de los poderosos. Le gritó que ya no era su padre.

Turner anotó todo sin mirar el papel.

—¿Y ahora? ¿Dónde está?

—Hace un mes me mandó un mensaje. Corto. "Estoy bien. No preguntes." Desde entonces, silencio.

—¿Crees que Fernando lo protegía?

—Estoy segura. Rubén sabía cosas. Muchas. Iba a actos, escuchaba llamadas. No era un niño. Y a veces, Fernando hablaba demasiado en casa. Confiaba en él.

—¿Y crees que Rubén tiene algo?

—Si tiene algo, no lo entregará a la policía. No confía en nadie. Tal vez lo haga por él. O por su padre. Si aún lo considera así.

Turner terminó su café.

—¿Tienes algún número? ¿Dirección? ¿Un contacto?

Ella negó con la cabeza. Dudó. Luego sacó una hoja arrugada de su bolso.

—Esto me lo dejó en el buzón hace una semana. Sin remitente. No es su letra, pero reconozco el estilo. Mira el reverso.

Turner giró la hoja. Era una factura de gas, aparentemente irrelevante. Pero al reverso, con bolígrafo azul, alguien había escrito:

"Si algo te pasa, sabré qué hacer."

Y un número: 646 XXX 378.

Turner lo guardó. No lo llamó. Aún no. Los números también eran puertas, pero había que saber cuándo abrirlas. Y más cuando del otro lado podía estar alguien asustado... o armado.

De vuelta al despacho, empezó a armar una nueva línea de investigación. Rubén. El hijo no hijo. Testigo indirecto. Posible heredero de pruebas. Y, tal vez, de una rabia que podría ser útil... o devastadora.

Releyó los pasajes de los cuadernos donde Alarcón lo mencionaba. Eran confesiones más emocionales que políticas.

"Me mira como si no entendiera lo que hago. Y tal vez no lo entiende porque yo mismo ya no lo sé."

"Rubén me preguntó si dormiría tranquilo si firmaba ese contrato. No supe qué responderle."

"Si algo me pasa, espero que él no quiera vengarse. Sino comprender."

Turner cerró el cuaderno. Apoyó la cabeza en el respaldo de su sillón. Miró el techo, como si allí estuviera la respuesta. O la sombra de Alarcón.

Sabía que encontrar a Rubén era clave.

Pero también sabía que, en las familias políticas, los hijos duelen más que los enemigos.

Porque conocen lo que uno fue… y lo que nunca llegó a ser.

Los curas sabían más de lo que decían. Era un principio que Turner había aprendido en su adolescencia, en un barrio donde las sotanas olían a vino barato y las palabras a resignación. Con el tiempo, dejó de creer en absoluciones, pero nunca en la utilidad de una buena confesión. Y si alguien podía haber escuchado a Alarcón cuando ya nadie más lo escuchaba, era el cura de su infancia. O de su última etapa, que en el fondo era lo mismo.

Su nombre era Gabriel Muñoz. Párroco de San Lorenzo de las Amapolas. Un templo austero en un barrio que había conocido mejores tiempos y ahora sobrevivía entre supermercados de descuento y farmacias de guardia perpetua.

Turner pidió hablar con él sin rodeos. Se presentó como investigador. No como creyente. Lo segundo habría despertado más sospechas.

—¿Está aquí por Fernando? —preguntó el padre Gabriel sin

esperar explicación.

Tenía unos sesenta años, voz suave, ojos grises y una calma que parecía estudiada.

—Sí. He leído parte de lo que dejó escrito. Y creo que usted fue uno de los últimos en escucharlo con atención.

El cura asintió. Lo guio hasta un banco lateral. Allí no había público. Solo velas apagadas y una imagen de Cristo que parecía más cansado que redentor.

—Venía a menudo. Sobre todo las últimas semanas. No se confesaba. Solo hablaba.

—¿De qué?

—Del silencio. De la culpa. De la política, claro. Pero, sobre todo, del miedo a no ser recordado. O peor aún: a ser recordado por las razones equivocadas.

—¿Le contó algo concreto?

—No en forma de denuncia. Era más como una implosión. Un hombre que empezaba a darse cuenta de que todo lo que había construido estaba edificado sobre barro. Que su voto, su firma, su lealtad, habían alimentado un monstruo al que ya no podía controlar.

—¿Y mencionó a alguien?

—Sí. A usted, en una ocasión.

Turner lo miró sorprendido.

—Dijo que, si le pasaba algo, usted sabría qué hacer. No lo dijo con rencor. Lo dijo como quien entrega una carta sin sobre. Con esperanza… y resignación.

Turner asintió lentamente. Aquello confirmaba que no era casualidad que todo le hubiera llegado. Que el caso no lo eligió, sino que fue asignado por alguien que, sin poder pedir ayuda, la dejó firmada en notas, pistas, miradas.

—¿Dijo algo sobre Rubén?

—Sí. Dijo que lo había defraudado. Y que quizás era mejor así. "Que me odie, pero viva", fueron sus palabras.

El cura se quedó en silencio unos segundos.

—¿Sabe usted qué es lo que más le dolía?

—¿Qué?

—Que nadie le creyera. Ni siquiera sus compañeros. Que cuando intentó hablar, le escucharon con esa sonrisa de lástima que se dedica a los idealistas que empiezan a estorbar.

Turner sintió un nudo en la garganta. No por piedad, sino por la familiaridad. Había visto demasiadas veces esa escena: el valiente convertido en estorbo, el honesto relegado a figura decorativa, el que denuncia transformado en "desestabilizador".

—¿Y usted le creyó?

El padre Gabriel lo miró con ternura.

—No me correspondía creerlo. Pero sí escucharlo. Y eso hice.

Turner se levantó. Se despidió con un apretón de manos. Al salir, el aire era más frío de lo esperado. O tal vez era la carga.

Caminó hacia el metro. Sabía que el paso siguiente era Rubén. O el informe. O ambos. Pero lo que acababa de confirmar era más importante que cualquier pista: Alarcón no había desaparecido sin dejar señales. Las había esparcido con desesperación, como migas en un bosque lleno de lobos.

Y uno de esos lobos ya se había llevado a Julián Cobo.

Turner pensó en la frase del cura: *"Que me odie, pero viva."*

Había algo profundamente cristiano en ella. Y profundamente humano.

Porque a veces, en este mundo, sobrevivir es el único acto de fe.

Las familias no se rompen, se fracturan. Y esas fracturas, aunque a veces cicatricen, dejan líneas visibles que tiemblan cuando alguien empieza a escarbar. Turner sabía que los escándalos no empezaban en las cuentas bancarias, sino en los almuerzos de domingo donde el silencio pesa más que la sopa. Y si alguien guardaba secretos sobre Fernando Alarcón, era su propia sangre. O lo más parecido que le quedaba.

Localizar al hermano menor de Fernando fue fácil. Bastaron dos llamadas a antiguos contactos del Registro Civil y una búsqueda en prensa provincial. Se llamaba Arturo Alarcón. Exmilitar, retirado, con un pequeño negocio de vigilancia privada en Alcorcón. Nada que llamara la atención. Nada, salvo el hecho de no haber dicho una palabra pública sobre la desaparición de su hermano.

Turner lo encontró en su oficina. Una habitación estrecha con estanterías de metacrilato, una bandera de España en la pared y una cafetera que parecía haber combatido en Afganistán.

—¿Y usted quién es? —preguntó Arturo, sin levantarse, con una voz que aún llevaba el tono de instrucción.

—Alguien que está intentando averiguar qué le pasó a su hermano.

—A Fernando lo mató su propia ingenuidad. ¿Eso le sirve?

—¿Usted cree que está muerto?

—Creo que cuando decides enfrentarte a gente con poder, lo mínimo que debes tener es un testamento redactado.

Turner se sentó sin pedir permiso.

—¿Cuándo fue la última vez que hablaron?

—Hace casi un año. Me pidió consejo. No sabía si denunciar unos papeles que le habían llegado. Me habló de sobrecostes, de adjudicaciones sucias, de chantajes encubiertos. Le dije que no lo hiciera. Que no se metiera.

—¿Por qué?

—Porque yo vi lo que pasa cuando te enfrentas al sistema desde dentro. Y Fernando… Fernando aún creía en las instituciones.

En la Constitución. En la decencia. Era un sentimental. Como nuestro padre.

Turner lo observó. Había más cariño en su desprecio que en muchas de las entrevistas que había hecho. A veces, el amor fracasado es más brutal que el odio puro.

—¿Sabe algo de Rubén?

Arturo dudó. Bajó la vista. Se sirvió un café sin ofrecer.

—Sí. Vino a verme hace unas semanas. Quería saber si tenía los cuadernos. Me pareció más alterado que triste. No le dije que usted los tenía. Tampoco sabía si era verdad.

—¿Y cree que Rubén hará algo?

—Rubén está herido. Y los heridos o se curan… o muerden.

—¿Y usted? ¿Por qué no dijo nada? ¿Ni siquiera cuando desapareció?

—Porque en este país, cuando dices la verdad sin ser nadie, te toman por loco. Y cuando la dices siendo alguien, te toman por traidor. No tengo vocación de mártir, señor Turner. Yo ya hice mi guerra. Perdí todas las batallas. Y aprendí que, a veces, guardar silencio es el único refugio de los que no quieren volver a sangrar.

Turner anotó en su libreta:

El hermano advirtió. El hijo se enfadó. Fernando se quedó solo.

Antes de marcharse, Arturo lo detuvo con una pregunta:

—¿Cree usted que vale la pena todo esto?

—¿La verdad?

—Sí.

Turner encendió un cigarro. Se quedó mirando el humo.

—No lo sé. Pero si me callo ahora, sé que no dormiré en meses. Y ya no me quedan pastillas para eso.

Salió a la calle con la sensación de haber cerrado un capítulo, aunque no supiera si era el primero o el último.

La familia de Alarcón no iba a mover un dedo. Por miedo. Por orgullo. Por supervivencia.

Y en el fondo, era comprensible. En una sociedad donde el poder impone silencio, hablar es una anomalía. Y las anomalías se corrigen. A veces con campañas. Otras con entierros discretos.

Turner anotó una última frase mientras esperaba el metro:

Los secretos más importantes no se esconden en los despachos. Se entierran en la memoria de los que prefirieron no saber.

CAPÍTULO 4: EL PASADO OSCURO

En España, cerrar un caso es un arte. No implica resolverlo, solo clausurarlo con la elegancia burocrática de quien sabe archivar una vergüenza entre sellos y copias compulsadas. Turner había visto desaparecer sumarios como por arte de magia. Lo que empieza como una investigación mediática termina, muchas veces, con un informe técnico que dice que "no se hallaron indicios relevantes".

Y eso fue exactamente lo que ocurrió con el caso Alarcón. Oficialmente.

Lo supo una mañana, al leer la edición digital de un periódico afín al Gobierno. Entre una noticia sobre la bajada del paro juvenil y una receta de lentejas veganas, aparecía el titular:

"Interior archiva el expediente Alarcón: sin pruebas de desaparición forzada."

Turner soltó un bufido. No de sorpresa. De rutina. La noticia hablaba de una investigación "exhaustiva", de "entrevistas a familiares" y de "falta de elementos objetivos que apunten a delito alguno". Incluso citaba fuentes judiciales anónimas que aseguraban que el diputado "posiblemente se encontraba en un retiro voluntario, aquejado de estrés severo".

La maquinaria se había puesto en marcha. Y había hecho lo que mejor sabe hacer: tapar.

Encendió un cigarro, releyó el artículo y luego se dirigió al juzgado de instrucción. No tenía muchas esperanzas, pero necesitaba ver el expediente con sus propios ojos.

La funcionaria que lo atendió era una mujer de rostro neutro y voz como una piedra arrojada al fondo de un pozo.

—¿Número de procedimiento?

—Lo que haya sobre Fernando Alarcón. Diputado. Desaparecido hace un mes. El caso que acaban de archivar.

Ella tecleó. Frunció el ceño. Tecleó otra vez.

—No consta como desaparecido. Figura como baja voluntaria en el Congreso. El procedimiento se ha cerrado por "ausencia de indicios delictivos".

—¿Puedo ver el informe?

—Necesita autorización judicial. Y si no es parte, no puede acceder.

Turner sonrió sin alegría.

—¿Y si soy parte interesada en saber qué coño está pasando en este país?

—Entonces haga cola. Y pida cita.

Salió sin decir nada más. En la puerta del juzgado, se encontró con Javier Beltrán, el periodista.

—¿También has visto el teatrillo?

—Sí —respondió Turner—. Han cerrado el caso con más rapidez que la mayoría de divorcios exprés.

—Eso solo significa una cosa: han empezado a limpiar por dentro. La consigna es "silencio y olvido".

—¿Y tú vas a escribir algo?

Beltrán se encogió de hombros.

—Lo intenté. Mi redactor jefe dice que el tema está "agotado". Que la gente quiere noticias nuevas. Fútbol. Turismo. Máscaras de carnaval.

—¿Y qué harás?

—Guardar las notas. Esperar el momento. La verdad es como el vino: a veces mejora con los años. O se convierte en vinagre. Pero, en cualquier caso, no se tira.

Turner lo miró con algo parecido al respeto.

—Yo no puedo esperar.

—Por eso te van a golpear antes que a mí.

Turner regresó al despacho. Releyó los cuadernos. Buscó entre las notas algo que pudiera usar. Algo que desmontara la versión oficial. No lo encontró. No aún. Pero una frase se le clavó como una astilla:

"Si me cierran en falso, tú sabrás que no fue error. Fue orden."

Eso había escrito Alarcón en la última página del segundo cuaderno.

Y sí, Alex lo sabía.

Cerró el cuaderno. Apagó el cigarro. Y se quedó en silencio.

No porque estuviera vencido.

Sino porque ya había entendido que en este caso, el enemigo no era una persona.

Era un sistema que sabía cerrarse como un puño.

Y él estaba justo en el centro de ese puño, intentando sostener una verdad que todos los demás ya habían soltado.

Los archivos no desaparecen. Solo se esconden. A veces los entierran bajo otras carpetas, a veces los digitalizan en servidores que nadie revisa, y otras —las más eficaces— los hacen invisibles con un sello que dice *"clasificado"*. Pero Turner sabía que todo lo que ha sido escrito alguna vez deja una huella. Y él tenía la costumbre de buscar huellas donde otros solo veían polvo.

Volvió al lugar donde todo había empezado: la hemeroteca del diario *El Correo Central*. En el subsuelo, rodeado de periódicos encuadernados, expedientes polvorientos y becarios con ojeras, se sentía como un arqueólogo de la mentira. Pedía cafés a máquina y leía titulares como quien lee lápidas: fechas, nombres y causas truncadas.

Buscaba menciones antiguas a Fernando Alarcón antes de su salto a la política nacional. Sus años como concejal, como técnico en la Agencia de Evaluación de Contratos Públicos, sus artículos de opinión —que ahora estaban convenientemente desaparecidos de la red— y, sobre todo, cualquier pista sobre Enerplus antes de que se convirtiera en intocable.

Fue entonces cuando encontró algo. No una bomba, pero sí una mecha.

"Sospechas en licitación energética: el técnico Alarcón pide auditoría interna." (*La Verdad de Murcia*, marzo de 2007.)

Un artículo pequeño. Columna lateral. Nadie lo habría notado entonces. Pero Turner lo leyó como quien encuentra la primera grieta en una presa.

El contenido era claro: Alarcón, por aquel entonces técnico en la administración autonómica, había solicitado una revisión de las condiciones en las que Enerplus —entonces aún llamada **Proenergia Ibérica SL**— había obtenido un contrato millonario para la instalación de torres eólicas.

El expediente fue cerrado a los seis meses. No hubo consecuencias.

Turner pidió los microfilms. Revisó la edición completa. En la misma semana, apareció una rectificación firmada por la propia Enerplus: *"nuestra empresa actúa conforme a la legalidad vigente y los procedimientos reglamentarios"*. Tono neutro. Frío. Aséptico. El estilo del que sabe que tiene abogados antes que argumentos.

Luego, el silencio.

Nada más se publicó. Nadie investigó. Alarcón, un año después, fue ascendido. Y su firma empezó a aparecer en los boletines oficiales como parte del engranaje.

Turner anotó:

Empezó preguntando. Luego aprendió a callar. Hasta que ya no pudo más.

Salió al exterior con la copia del artículo impreso. La luz de la tarde le pareció ofensiva. Como si el mundo siguiera celebrando el carnaval mientras en el subsuelo seguía el funeral.

Llamó a Beltrán.

—¿Recuerdas algo sobre Proenergia Ibérica?

—Claro. Fue el embrión de Enerplus. Cambiaron de nombre tras un escándalo menor que nunca se investigó a fondo.

—¿Qué tipo de escándalo?

—Sobrinos contratados, facturas infladas, políticos en consejos de administración. Nada que no sepa ya el país entero… y que siga votando como si no lo supiera.

—Tengo un artículo de 2007. Alarcón fue el que levantó la liebre. Lo enterraron después con una promoción. ¿Qué opinas?

—Que acabas de encontrar la motivación. Y también el principio de su condena.

Turner colgó. Tenía claro que aquella nota de prensa era más importante de lo que parecía. Porque demostraba una cosa: Alarcón no fue un ingenuo que se topó por accidente con un escándalo. Lo conocía desde dentro. Desde antes.

Y eso lo convertía en testigo de cargo.

Volvió a su despacho. Pegó el artículo en la pared, junto a la lista de nombres, las fotos, los croquis. Su investigación era ahora un mural de hilos y miradas cruzadas. Pero en el centro ya no estaba el poder. Ni siquiera Enerplus. En el centro estaba Fernando Alarcón.

El hombre que quiso limpiar la casa… y acabó tapiado en sus muros.

España era experta en cerrar heridas en falso. Cambiaba de nombre a los conflictos, enterraba los cadáveres sin esquela y convertía las conspiraciones en leyendas urbanas. Pero Turner sabía —como todo el que ha leído entre líneas los últimos cuarenta años— que la guerra sucia no había terminado con el fin del franquismo. Solo se había sofisticado. Los métodos eran más limpios, las víctimas más invisibles y los culpables más bien vestidos.

Y a Fernando Alarcón lo habían hecho desaparecer con esa misma elegancia administrativa que había ocultado miles de irregularidades bajo el barniz de la transición modélica.

La clave estaba en el pasado. No solo en el de Alarcón, sino en el del propio país.

Después de pegar el artículo de 2007 en su mural, Turner empezó a conectar datos, nombres y fechas. Una coincidencia le llamó la atención: tres de los nombres que aparecían en la lista de la reunión del 4 de marzo habían trabajado, veinte años atrás, en el mismo entorno: **la Comisión Nacional para la Reestructuración Energética**. Un organismo creado en los noventa para repartir, bajo la apariencia de eficiencia, los restos del viejo monopolio estatal.

Uno de ellos era Sergio Ramis.

Turner localizó a un exfuncionario que había trabajado en la comisión. Un hombre al que todos llamaban *El Francés*, aunque solo hubiera pisado Toulouse en una excursión escolar. Lo encontró en una tasca en Vallecas, con la memoria nublada por la ginebra, pero aún útil para distinguir a los traidores de los imbéciles.

—Ramis no era tonto —dijo sin rodeos—. Era de los que tomaban notas en una libreta que luego quemaban. Y hablaba poco, pero escuchaba todo.

—¿Y qué hacían en esa comisión?

—Diseñaban el futuro. Pero no el energético. El suyo. Preparaban las privatizaciones, colocaban a sus amigos, destruían expedientes. Todo legal. Todo limpio. Pero si te cuento cómo se otorgaban ciertos contratos... Bueno, no podría. Porque a mí también me compraron. Con una plaza, con un silencio.

—¿Y Alarcón?

—Era nuevo. Creía que la cosa iba de hacer las cosas bien. Un técnico de verdad. Por eso le hicieron jefe de nada y lo mandaron a provincias.

Turner anotó mentalmente la escena. El joven Alarcón enfrentado a una maquinaria aceitosa y feliz de tragarse a quien no se adaptara.

—¿Tienes nombres?

—Tengo remordimientos. Que es parecido, pero no sirve para detener a nadie.

Antes de irse, el Francés le dijo algo más:

—La guerra sucia nunca terminó, amigo. Solo que ahora no hace falta pegar tiros. Basta con borrar datos. O con no publicarlos.

Turner caminó de vuelta con los bolsillos llenos de pasado. Al llegar al despacho, buscó entre los cuadernos de Alarcón una entrada que recordaba vaga, pero que ahora cobraba sentido.

"Ramis me reconoció en una cena que el verdadero poder no se elige, se hereda. Que hay cosas que no se cambian, solo se maquillan. Yo me reí. Él no."

Y otra:

"Nunca pensé que aquella comisión sería mi sentencia. Pero todo empezó ahí. Ramis nunca olvida. Y Luján... Luján ejecuta."

Turner cerró el cuaderno. Respiró hondo. Sabía que ahora el caso ya no iba solo de contratos. Iba de memoria. De cómo se perpetúa una red de intereses disfrazada de gestión. De cómo las cloacas cambian de nombre, pero no de olor.

En ese momento, comprendió que Alarcón no era solo una víctima de corrupción.

Era un hombre que quiso romper la cadena de favores.

Y eso, en España, seguía siendo un acto de guerra.

El problema de los escándalos no era su existencia. Era su reciclaje. Cada década, los mismos métodos volvían con nombres nuevos, con logotipos rediseñados y siglas frescas. Pero el núcleo —el trueque de poder por silencio— permanecía intacto. Turner lo había visto con alcaldes, con ministros, con supuestos regeneradores de la cosa pública. Todos con las mismas manos: lavadas en la fuente de la impunidad.

El caso Alarcón era solo el último eslabón de una cadena larga y sólida, tejida con hilos de favores, amenazas blandas y una burocracia entrenada para mirar hacia otro lado.

Esa mañana, Turner recibió un mensaje de un número desconocido.

"Nos vemos hoy. 21:30. Calle Cuenca, 12. Azotea. No traigas el móvil."

Era escueto. Sin firma. Pero el tono, la urgencia y el lugar... todo apuntaba a Rubén. Y Turner confiaba en su instinto.

Decidió ir. Sin acompañantes. Sin grabadora. Solo con un cuaderno de notas y una pluma. Como en los viejos tiempos. Subió los cinco pisos a pie. La puerta de la azotea estaba entreabierta.

Rubén lo esperaba de pie, junto a una barandilla oxidada. Chaqueta negra, gorra calada, mirada de animal escarmentado.

—Tú eres Turner —dijo, sin énfasis.

—Y tú eres el hijo de un hombre que no se rindió.

—Eso es discutible.

Se hizo un silencio. No incómodo, sino útil.

—He leído los cuadernos de tu padre —dijo Turner—. Quería protegerte. A su manera.

—No supo protegerse ni a sí mismo.

Turner no discutió. Le ofreció un cigarro. Rubén lo aceptó.

—¿Qué sabes tú que yo no sepa?

Rubén sacó un sobre arrugado. Se lo tendió.

—Esto es una fotocopia de una transcripción. De una llamada. Entre Ramis y otro miembro del consejo de Enerplus. Mi padre la grabó sin decirlo. Nunca la usó. Pero me la dio por si algo le pasaba.

Turner leyó. La conversación era breve, pero brutal.

"El técnico ese no se calla."
"Hay formas de que lo haga."
"Ya no tiene nada. Cree que tiene pruebas, pero no sabría usarlas sin hundirse él también."
"Entonces, ya ha caído."

Era la prueba que faltaba. No para un tribunal —aún no—, pero sí para quien supiera interpretar los silencios. Y eso era lo que Turner hacía: leer lo que no se decía.

—¿Por qué me lo das?

—Porque yo no sé qué hacer con esto. Y tú sí. Y porque, a pesar de todo, creo que mi padre no era un cobarde. Solo estaba solo.

Turner lo miró. En los ojos de Rubén no había lágrimas. Solo rabia bien controlada. Y una tristeza que no tenía edad.

—¿Y tú? ¿Vas a quedarte al margen?

Rubén sonrió por primera vez.

—No. Pero tampoco voy a ser un mártir. Ni un símbolo. Haré lo que pueda desde donde esté. Aunque sea por molestar.

Turner entendió. En ese país, molestar era una forma de justicia.

Se despidieron con un apretón de manos breve.

De camino al despacho, Turner pensó en la frase de la llamada: *"Ya ha caído."* Como si Alarcón hubiera sido solo un obstáculo en una autopista bien pavimentada. Un bache que se cubre con alquitrán mediático.

Pero no estaba cubierto del todo. Aún quedaban fisuras. Y él, Turner, iba a seguir escarbando.

Porque los nombres cambian. Se renuevan con sonrisas, con campañas, con fundaciones culturales.

Pero los métodos no.

Los métodos siempre vuelven.

Y esta vez, él los iba a señalar con nombres, fechas y páginas numeradas.

Turner siempre había creído que el tiempo entierra a los culpables igual que a los inocentes. La diferencia es que los culpables suelen ser enterrados con honores, con discursos huecos y lápidas limpias. Pero algunos no mueren nunca. No porque sean inmortales, sino porque aprenden a cambiar de piel. Cambian de empresa, de partido, de discurso. Se reinventan con la misma facilidad con la que otros se rinden. Y siguen ahí. En el centro de todo.

Esa mañana recibió una llamada desde un número oculto.

—¿Turner?

—Depende.

—Soy yo. Ramis.

El corazón del detective se detuvo un segundo. Luego volvió a latir, más lento.

—¿Qué quiere?

—Verlo. Esta tarde. En el club. Sin grabadoras. Solo usted y yo.

Turner aceptó.

El **Club Náutico del Norte** era uno de esos lugares donde el tiempo se había detenido en los años 70, entre sofás de cuero, puros apagados y retratos de almirantes jubilados. Allí, los peces gordos se mezclaban con los tiburones retirados, y el silencio valía más que cualquier copa.

Ramis lo esperaba en una mesa junto al ventanal. Llevaba chaqueta beige, gafas oscuras y una expresión de quien se sabe intocable.

—Gracias por venir.

—No he venido por cortesía —dijo Turner, sentándose—. He venido porque quiero verle la cara al hombre que enterró a Fernando Alarcón.

Ramis no reaccionó. Se sirvió una copa de brandy.

—Alarcón no supo jugar. Tenía las cartas, pero no las entendía. Y cuando uno no entiende el juego, molesta.

—¿Así que lo desaparecieron?

—Yo no he dicho eso.

—Pero no lo niega.

—Le haré una pregunta, Turner. ¿Cree usted en el bien común?

Turner sonrió con amargura.

—No cuando lo menciona alguien como usted.

—Exacto. Porque ya no significa nada. Como "ética". Como "servicio público". Estamos en un país donde la corrupción no es un error, es una costumbre. Un modo de supervivencia. Alarcón quiso purificar eso. Y lo lamento. Era un buen tipo. Pero ingenuo.

—¿Y usted? ¿Qué es?

—Un hombre práctico. Y los hombres prácticos saben cuándo callar y cuándo actuar. Le doy un consejo: publique lo que tenga. Haga su ruido. Pero no se acerque más. Hay límites que no protegen: vigilan.

—¿Me está amenazando?

—No. Le estoy invitando a que conserve su integridad. Viva. Que ya es mucho en estos tiempos.

Turner se levantó.

—Usted va a caer, Ramis. No ahora. Ni mañana. Pero va a caer. Porque esta vez no está tratando con un idealista. Está tratando con alguien que no tiene miedo a perder.

Ramis lo miró con un gesto de resignación irónica.

—Eso dijeron muchos. Y ahora me saludan por los pasillos del Congreso como si nada.

Turner salió del club con un nudo en el estómago. La conversación le había dejado un sabor metálico. No por lo que se dijo, sino por lo que no hacía falta decir.

En su despacho, escribió una frase en su libreta:

No todos los enemigos mueren. Algunos se reescriben. Y otros se acomodan en las páginas que nadie lee.

Encendió un cigarro.

Sabía que Ramis era solo una pieza. Pero una pieza que lo miraba desde arriba, como quien contempla una amenaza menor. Y eso lo enfurecía.

Porque en esa guerra sin balas, el desprecio era el disparo más eficaz.

Pero también sabía que ese desprecio era señal de debilidad.

Y Turner, como Alarcón, no buscaba justicia. Buscaba una grieta.

Una por donde se colara la verdad.

CAPÍTULO 5: SOSPECHOSOS Y ALIADOS

En España, ser patriota es rentable. O eso pensaba Enrique Tejada. Empresario de discurso templado, bandera en la solapa y cuentas en Luxemburgo. El tipo perfecto para salir en la contraportada de una revista dominical: foto en blanco y negro, mirada firme y una cita apócrifa de Ortega y Gasset.

Turner llevaba días queriendo verlo. No porque creyera en lo que pudiera decirle, sino porque a veces una conversación no sirve para obtener información, sino para confirmar sospechas. Y Tejada era de esos hombres que hablaban como si narraran una misa. Una homilía empresarial para justificar cualquier exceso con la excusa del empleo, la inversión y el progreso.

Lo citó en su oficina del Paseo de Recoletos. Último piso. Vistas a la ciudad. Moqueta gruesa. Obras de arte contemporáneo colgadas con la indiferencia de quien no necesita entenderlas para comprarlas.

—Señor Turner —dijo, estrechándole la mano con un apretón firme y perfectamente calculado—. Me han dicho que hace preguntas.

—Eso intento. Aunque últimamente las respuestas vienen con advertencias.

Tejada sonrió. Una sonrisa medida. De las que se practican frente al espejo antes de las entrevistas.

—Imagino que ha leído mi nombre en alguno de esos blogs que llaman "de investigación". La prensa alternativa está muy creativa últimamente.

—No. Su nombre lo leí en un informe manuscrito por Fernando Alarcón.

Tejada no parpadeó. Solo desvió ligeramente la mirada hacia un vaso de agua.

—Alarcón… una lástima lo suyo. Un hombre con principios. Pero con muy poco sentido práctico.

—Usted coincidió con él en varias adjudicaciones. De hecho, una de sus empresas subcontrató a Enerplus en al menos dos proyectos investigados.

—No hay nada ilegal en eso. Todo está auditado. Y si hubo irregularidades, fueron administrativas, no penales.

Turner lo observó. El traje a medida, la camisa sin una arruga, los zapatos que no habían pisado una acera en meses. Todo en él gritaba "autoconfianza institucional".

—¿Y moralmente? ¿Se considera usted limpio?

—En este país —respondió Tejada, cruzando las piernas con elegancia—, quien se detiene a comprobar la moralidad de cada paso que da, no llega ni al semáforo. Yo genero empleo. Pago impuestos. Doy estabilidad. Lo demás, es retórica de salón.

—¿Y si le dijera que tengo una grabación que menciona su nombre?

—Le diría que hable con mis abogados. Están muy bien entrenados en distinguir entre pruebas y chismes.

Turner no se inmutó.

—¿Sabe lo que más me molesta de usted, Tejada?

—Sorpréndame.

—Que representa todo lo que impide que este país avance.

Porque se cree imprescindible. Pero no lo es. Es sustituible. Como cualquier otro engranaje.

Tejada se inclinó hacia delante.

—Eso lo han dicho muchos antes que usted. Algunos con uniforme. Otros con toga. Todos acabaron escribiendo libros que nadie leyó.

Turner se levantó.

—Yo no escribo libros. Escribo informes. Y a veces, sentencias anticipadas.

Salió del despacho con una certeza: Tejada no iba a caer por las pruebas. Sino por orgullo. Porque los hombres como él no sabían cuándo callarse.

Y porque, en el fondo, seguía creyendo que la patria era suya. Como si la hubiera comprado en una subasta.

De vuelta a su despacho, Turner anotó en su libreta:

Los patriotas de corbata son los que más rápido recogen cuando suena el himno de la inspección fiscal.

Encendió un cigarro. Miró por la ventana. La ciudad seguía ahí. Con sus mismos himnos, sus mismos fantasmas, sus mismos dueños.

Pero ahora, él tenía una pieza más del puzle.

Y la intención, cada vez menos disimulada, de hacerlo estallar.

El chófer de un político lo ve todo. Pero no siempre mira. Esa era una lección que Turner había aprendido con los años. Los conductores no necesitan micrófonos ocultos. Les basta con el retrovisor. A través de él ven conversaciones, silencios, peleas, traiciones y caídas. Pero no hablan. No por lealtad, sino por costumbre. Porque si hablaran, harían temblar parlamentos enteros.

El chófer de Fernando Alarcón se llamaba **Manuel Gadea**.

Sesenta y cinco años, viudo, sin hijos. Lo jubilaban ese mismo mes. Según los registros del Congreso, había sido conductor asignado a varios diputados en los últimos veinte años. Pero con Fernando había trabajado los últimos cinco. Todos los días. Sin fallar.

Turner lo localizó en un pequeño piso en Vallehermoso. Segunda planta sin ascensor. Le abrió con bata de cuadros y voz de cansancio.

—¿Usted es Turner?

—Sí. No vengo a molestar. Solo a hacerle unas preguntas. Sobre Fernando.

—¿Sigue sin aparecer?

—Oficialmente, no hay delito.

Gadea asintió. Lo invitó a pasar. Café de cafetera vieja. Silencio de casa con pocas visitas.

—¿Qué quiere saber?

—Lo que vio. Lo que oyó. Lo que se calló.

El viejo chófer suspiró.

—Vi a un hombre que hablaba solo cuando creía que nadie lo escuchaba. Que encendía la radio para tapar los pensamientos. Que a veces se bajaba del coche antes de llegar, solo para caminar el último tramo.

—¿Cambió con el tiempo?

—Mucho. Al principio saludaba a todos los ujieres. Luego ni los miraba. Empezó a hablar por teléfono menos. A escribir en su libreta más. Y a dormirse en trayectos cortos. Pero sin descanso.

—¿Mencionó a alguien? ¿Nombres?

—Ramis. Siempre Ramis. Decía que era "el que movía los hilos, aunque no tocara las marionetas".

—¿Y usted qué piensa? ¿Lo hicieron desaparecer?

Gadea lo miró con unos ojos apagados por demasiadas despedidas.

—Fernando sabía demasiado. Y no sabía esconderlo. Era valiente. Pero no astuto. Como los que van al campo de batalla con la bandera en la mano. Le disparan primero.

—¿Usted tiene algo? ¿Papeles? ¿Grabaciones?

—Nada. Solo memoria.

Turner asintió. Eso ya era mucho.

—¿Por qué no lo ha contado antes?

—Porque a nadie le interesa lo que dice un chófer. Y porque, si soy sincero, tengo miedo. Pero más miedo me da que nadie lo recuerde.

Se levantó. Fue al dormitorio. Volvió con una pequeña caja de madera.

—Esto es suyo. Lo dejó en el coche el último día. Nunca volvió a preguntar por ella.

Turner la abrió. Dentro, una pluma estilográfica, un sobre sellado y una nota doblada.

La nota decía:

"Si no vuelvo, es porque ya no me dejan. Gracias por llevarme sin preguntar. —F."

Turner guardó la caja como si fuera un testamento.

—¿Qué hará ahora, Gadea?

—Seguiré. A mi manera. Cuidaré las plantas. Leeré los periódicos. Y esperaré que alguien haga lo que él no pudo.

De vuelta al despacho, Turner anotó en su libreta:

La fidelidad no necesita pruebas. Solo silencio.

Y al lado, subrayado:

Los hombres que no preguntan a veces son los únicos que entienden todo.

Encendió un cigarro. Abrió el sobre. Dentro había una lista de iniciales y cantidades. Fechas. Lugares.

Las piezas empezaban a encajar.

Y lo peor era que, hasta entonces, nadie había mirado en el asiento del copiloto.

En tiempos de trincheras ideológicas, la independencia se había convertido en una marca. Se vendía como una chaqueta neutra, combinable con cualquier editorial. En Madrid, los periodistas independientes eran los que cobraban por debajo de la mesa, pero escribían por encima de sus posibilidades. Turner conocía a varios. Algunos buenos. Otros hábiles. Y unos pocos como **Jordi Medrano**, que había logrado la hazaña de publicar artículos contra el sistema desde un despacho pagado con fondos públicos.

Lo encontró en una terraza en Lavapiés, rodeado de cafés fríos, ordenadores portátiles y jóvenes que confundían el activismo con la gestión de redes sociales.

Medrano era un hombre de cuarenta largos, barba pensada, gafas de pasta, y la expresión de quien lleva veinte años enfadado con todo, pero sin dejar de cobrar de nadie.

—Turner. Me han dicho que estás hurgando en el caso Alarcón —dijo, sin levantarse.

—Y que tú estuviste cerca de él durante un tiempo.

—Sí. Lo entrevisté varias veces. Al principio me pareció un burócrata ilustrado. Luego, un suicida con fe. Lo último que hizo fue no hacer nada. Que, en política, ya sabes, es lo más peligroso.

—¿Sabes si te dejó algo? ¿Una nota, un comentario, una pista?

Medrano negó con la cabeza.

—No era de esos. No dejaba pistas a los periodistas. Pensaba que escribíamos para adornar el vacío.

—¿Y tú qué piensas?

—Que tenía razón. Pero me pagaban por desmentirlo.

Turner sacó el sobre que le había entregado el chófer. No se lo mostró. Pero sí le habló de su contenido.

—Una lista de iniciales, fechas, pagos. Incluye a medios. También a consultoras. Hay cifras.

Medrano no pareció sorprendido.

—¿Y esperas que publique algo con eso?

—No. Espero que me digas si algo de eso te suena. O si forma parte de la gran coreografía del periodismo institucional.

—Mira, Turner... la prensa, hoy, funciona como un ascensor: o subes a los despachos o te quedas abajo con las averías. Yo elegí quedarme en el rellano. Pero no soy un mártir. Solo alguien que escribe cuando le dejan.

—¿Y quién te deja?

—Los que saben que soy inofensivo. Porque escribo bien, pero sin eco. Porque tengo principios, pero también hipoteca. Porque, al final, el mejor periodista es el que sabe cuándo no escribir.

Turner encendió un cigarro.

—Y Alarcón, ¿era un tipo limpio?

—Era un tipo incómodo. Que no es lo mismo. Los limpios duran poco. Los incómodos, menos. Él tenía información. Quiso hacerla pública. Pero no eligió el canal adecuado. Ni el momento. Ni el aliado.

—¿Y tú?

—Yo elegí sobrevivir. Como todos.

Turner se levantó. Medrano lo detuvo con un gesto.

—Te doy una pista. Hubo una reunión en septiembre, en el Hotel Cumbre. Nadie la recuerda, pero estuvieron allí Ramis, Ferrer y dos directores de medios. Uno era el de *Noticias 24*. El otro... el director de comunicación del Ministerio.

—¿Tema?

—La campaña de silencio. La que tú estás intentando romper. Buena suerte.

De regreso al despacho, Turner anotó:

Los periodistas no mienten. Editan. Recortan. Ajustan. Y luego firman con la esperanza de que nadie lo lea demasiado.

Y en una hoja aparte escribió:

Revisar la lista. Buscar iniciales vinculadas a prensa. La verdad no se entierra sola. Se subvenciona.

Encendió otro cigarro. Afuera, el ruido de la ciudad. Adentro, el sonido de la verdad pidiendo paso entre el papel y el miedo.

Turner no confiaba en la justicia. La respetaba, a veces la temía, pero no creía en ella como herramienta de redención. La justicia —la real, la institucional— solía ser lenta, miope y selectiva. Sin embargo, sabía que dentro del sistema aún quedaban personas que creían en la ley como algo más que una escenografía. Gente como **Beatriz Aguado**, fiscal de instrucción, curtida en sumarios invisibles y conocida en los pasillos por su obstinación en no mirar hacia otro lado.

Había coincidido con ella años atrás, durante un caso menor de malversación municipal. Ella había tirado del hilo hasta que los nudos empezaron a sangrar. Él recordaba su rostro: serio, sin afeites ni sonrisas de compromiso, y con una voz que no necesitaba alzarse para imponer silencio.

La citó en un café discreto cerca de Plaza de Castilla. Ella aceptó. Llegó puntual, con un maletín de cuero y ojeras sinceras.

—Si estás metido en el caso Alarcón, estás metido en problemas —fue lo primero que dijo.

—Entonces ya somos dos.

Pidieron café. Turner fue directo.

—Tengo pruebas. No completas, pero suficientes. Grabaciones, notas manuscritas, listas de pagos. Todo apunta a una red de corrupción estructural. Y a una desaparición tapada desde dentro.

Beatriz lo escuchó en silencio. Tomó algunas notas. Luego habló.

—¿Has puesto esto en manos de algún juzgado?

—No. Y no lo haré sin respaldo. No quiero que el expediente termine en el mismo archivo que el de Alarcón.

—Ese archivo está bajo siete llaves. Nadie puede abrirlo sin pisar callos muy bien protegidos.

—Por eso estoy aquí. Porque tú sí puedes hacerlo.

Ella suspiró. Miró por la ventana, como si buscara en el tráfico una respuesta.

—¿Qué esperas de mí?

—Que me digas si aún queda un resquicio de justicia en esta ciudad. Y si vale la pena arriesgar.

—¿Y tú lo harás?

—Ya lo estoy haciendo.

Beatriz se quedó callada unos segundos.

—He visto caer causas más sólidas por menos ruido. Y he visto cómo se blindan los que tienen poder. Pero también he visto que a veces una pieza mal colocada hace que todo se desmorone. ¿Tú crees que tienes esa pieza?

—No lo sé. Pero si no la tengo, alguien la está buscando. Y yo estoy entre medias.

Ella asintió.

—Pásame una copia. Lo que tengas. Yo moveré lo que pueda. Pero si me arrastro, más te vale tener otra fiscal en agenda.

Turner le entregó un sobre. No con todo, pero con lo suficiente para abrir un procedimiento sin nombres explícitos. Beatriz lo guardó sin mirar.

—Una última cosa —dijo Turner antes de levantarse—. ¿Crees que Alarcón está muerto?

Beatriz dudó. Esa clase de duda que no nace de la falta de datos, sino del exceso de certezas.

—No lo sé. Pero sé que está enterrado. Jurídicamente. Socialmente. Políticamente. Y eso, a veces, es peor.

Turner anotó esa frase en su libreta, de memoria, mientras caminaba de regreso:

Enterrado no es lo mismo que muerto. Algunos desaparecen por decreto.

Encendió un cigarro. Esa noche, no volvería a dormir tranquilo. Pero al menos ya no estaba solo.

Ahora tenía una fiscal que dudaba.

Y a veces, eso bastaba para empezar una revolución.

Cuanto más cerca estás del poder, más ruido hace el silencio. Turner llevaba semanas husmeando en la vida de Fernando Alarcón, diseccionando sus discursos, sus pasos, sus costumbres. Pero ahora había llegado el momento de mirar alrededor, de estrechar el cerco y ampliar la sospecha.

El político no se evaporó. Se desdibujó en compañía. Alguien, o varios, sabían más de lo que decían.

El círculo más estrecho de Alarcón estaba compuesto por seis personas. Turner les llamó, uno a uno. Algunos tardaron en responder. Otros fingieron no tener cobertura. Una le colgó antes de pronunciar su nombre completo.

Visitó a **Vicente Ramírez**, jefe de gabinete. Un tipo con pinta de enterrador de secretos, con manos suaves y aliento a regaliz negro.

—¿Fernando? Hace semanas que no sé nada de él. La última vez que hablamos estaba agotado. Me dijo que se tomaría unos días. Lo creí. Quise creerlo.

—¿Y usted le cubrió?

—Lo cubro desde hace años, señor Turner. Era mi trabajo. Es lo que hacen los jefes de gabinete: cubren las ausencias, suavizan las declaraciones, escriben las renuncias que nadie firma.

—¿Tenía enemigos?

—¿En política? Todos. Y todos sonrientes. Pero los peores son los que almuerzan contigo.

Turner lo apuntó: *el enemigo come a tu lado, pero paga en otro restaurante.*

Luego fue a ver a **Clara Ferrer**, asesora de comunicación. Tenía un despacho impoluto y una foto con Alarcón donde él parecía feliz y ella parecía indispensable.

—¿Por qué no habló nadie de su desaparición?

—Porque la consigna fue no alarmar. "No generar clima". Así lo dijeron. Y, para que no haya clima, hay que cerrar ventanas, apagar luces, bajar persianas. Eso hice.

—¿Lo vio preocupado?

—Lo vi desesperado. No dormía. Llevaba semanas escribiendo una especie de manifiesto. Algo con nombres. Quería publicarlo. Yo le dije que no. Que eso lo iba a matar.

—Y ahora ha desaparecido.

—Lo sé. Pero al menos no lo mató una imprudencia. Solo lo borraron.

Turner sintió esa punzada que conocía bien: la certeza de que todos saben más, pero nadie va a hablar primero.

Entrevistó también a **Óscar Llopis**, asesor económico; **Marta Climent**, su asistente personal; y **Sergio Villacampa**, el chófer interino de la última semana. Todos le contaron versiones cuidadosamente montadas. Cronologías planchadas. Frases que parecían salidas de un guión común.

Y, sin embargo, algo desentonaba.

Una mención reiterada a una reunión informal. Un viernes, antes del puente. Todos recordaban el día. Ninguno el contenido.

—Fue solo una charla —decían.

—Nada relevante —decían.

Pero los ojos miraban al suelo.

Turner anotó:

Cuando todos dicen "nada", es porque algo pasó. Y si lo repiten, es porque no quieren recordarlo. O no deben.

Cerró el cuaderno.

En su mesa, una lista con seis nombres. Todos cercanos. Todos con coartadas suaves como nata.

Pero también todos, en algún momento, mentían.

La verdad, como un ancla, estaba atada a sus tobillos. Solo faltaba que alguno se hundiera lo suficiente para arrastrarla a la superficie.

Y Turner, como siempre, estaba dispuesto a esperar. O a empujar.

CAPÍTULO 6: JUEGO DE MENTIRAS

La tarde caía sobre Madrid con una llovizna cansada que barnizaba las aceras y hacía relucir las luces de neón como promesas rotas. A las 20:07, Alex Turner recibió una llamada de número oculto. La voz era masculina, modulada, sin acento reconocible:

—Señor Turner, nos gustaría cenar con usted esta noche. Restaurante **El Galeote**, calle de los Artistas 17. Mesa para tres, a las 22:30. Merece la pena que venga.

No ofreció nombre, ni motivo. Solo colgó. Aquello olía a ultimátum pulcro: la clase de invitación que, si rechazas, vuelve convertida en amenaza. Turner apagó el cigarrillo, se caló la gabardina y salió a la calle; la curiosidad siempre le ganaba una partida al miedo.

El Galeote no figuraba en guías ni en reseñas digitales. Fachada discreta, sin rótulo. Puerta de caoba y cortinas que impedían mirar dentro. Turner pasó el umbral y un maître enjuto, traje negro y sonrisa barnizada, lo condujo a un reservado tras una cortina color vino.

Mesa redonda, mantel inmaculado, tres cubiertos. En la silla de la derecha esperaba **Julián Sáenz**, jefe de gabinete del Ministerio de Fomento: cabello engominado, corbata burdeos y la serenidad de quien siempre tiene coartada. El tercer asiento vacío sugería compañía tardía.

—Gracias por venir, Turner —dijo Sáenz levantando su copa de tinto—. Este rioja necesita un buen interlocutor.

—Brindo con agua —respondió el detective—. Quiero recordar cada detalle.

Pidieron entrantes: ventresca de atún, croquetas cremosas, alcachofas escabechadas. Sáenz comentó el tráfico, la lluvia, la inflación. Ni una palabra sobre Fernando Alarcón, el diputado desaparecido cuya ausencia removía las cloacas del poder.

A las 22:42 la cortina se descorrió: apareció **Elías Cuervo**, subsecretario de Economía. Traje gris perla, rostro pálido, mirada de contable que ha visto balances sangrar. Se sentó sin ofrecer la mano y pidió un Lagavulin.

—Vayamos al grano —empezó Sáenz—. Hay preocupación por su investigación. El diputado Alarcón atraviesa un... retiro voluntario. Necesita privacidad. Usted entiende.

Turner clavó los ojos en Cuervo.

—Las desapariciones voluntarias no suelen venir con auditores colgados y cajas fuertes compartidas. ¿Dónde encaja la privacidad ahí?

Cuervo respiró hondo:

—Imagine que ciertos documentos salen a la luz. Se malinterpretarían. Dañarían a gente inocente.

—O señalarían a culpables —replicó Turner.

Sáenz esbozó su sonrisa de pasillo:

—Podemos evitar males mayores. Una compensación por su tiempo: cincuenta mil euros, transferencia suiza. Usted firma un informe concluyendo que no hay delito y... se toma unas vacaciones.

Turner bebió un sorbo de agua. Pensó en Julián Cobo, el exauditor hallado muerto; en Marina Montal, la periodista que ahora estaba bajo tierra; en Rubén, el hijo no reconocido que temblaba de rabia.

—He visto cadáveres por menos dinero. Rechazo la oferta.

Cuervo deslizó un sobre sobre el mantel. Dentro, fotos: el buzón de Turner forzado, su despacho revuelto, él mismo llegando a casa la noche anterior.

—Podemos entrar donde queramos —murmuró.

Turner guardó despacio las fotos.

—Y yo puedo publicar lo que sé. Gane quien gane, ustedes pierden. Buen provecho.

Se levantó. Sáenz suspiró:

—Los accidentes ocurren, Turner.

—Las confesiones también —contestó.

Fuera, la lluvia se había vuelto aguacero. Turner alcanzó su coche y, en el retrovisor, detectó un sedán gris dos vehículos atrás. Arrancó sin prisa, tomó Génova, bordó Alonso Martínez y subió por San Bernardo. El sedán seguía. En la calle Limón se escabulló por un callejón estrecho, apagó luces y esperó. El perseguidor pasó de largo.

Apoyó la frente en el volante. Recordó una máxima de Javier Beltrán: *«El poder primero te ignora, luego te ridiculiza, después te compra; si eso falla, te entierra»*. Había superado la etapa del soborno; la siguiente era fosa común.

Sacó la libreta: *"El Galeote. Sáenz (Fomento), Cuervo (Economía). Soborno 50K. Fotos intimidación. Proyecto Cálamo."* Subrayó **Gustavo R.**, el hombre que gestionaba la logística sucia según Marina.

Encendió un cigarro. La ceniza cayó sobre el volante como nieve gris. Al fondo de la calle, Madrid seguía drenando su lluvia sobre adoquines centenarios. El detective arrancó rumbo al despacho: necesitaba revisar las cintas editadas y la carpeta "VIDEO". Entre la amenaza y la prueba había un hilo; si lo encontraba, quizás salvaría una vida. Tal vez la suya.

La llovizna repiqueteaba en el parabrisas con ritmo de jazz descompasado. Turner sonrió con ironía: la ciudad lo bautizaba de nuevo antes de la guerra.

—Que llueva —susurró—. No pienso agachar la cabeza.

Puso primera y se perdió en la penumbra mojada de Madrid, consciente de que la partida había cambiado de fase: ahora las mentiras se servían con Rioja y la verdad se escondía detrás de una cortina roja en un restaurante que no existía en los mapas.

El alba encontró a Alex Turner con los ojos rojos y el despacho oliendo a ceniza fría. Había pasado la noche clasificando las fotos del sobre—planos de su portal, de su salón, de él mismo en la cola del supermercado—y repasando la cadena de nombres ligados al Proyecto Cálamo. En todas las flechas mentales aparecía **Julián Sáenz**, ese secretario de piel de serpiente que anoche intentó comprarlo con Rioja y cincuenta mil euros. Si Sáenz arriesgaba un soborno tan evidente, significaba que era la bisagra de una puerta muy pesada. Y las bisagras chirrían antes de romperse.

A las diez en punto, Turner se presentó en el edificio del Ministerio de Fomento. Mostró credencial de detective privado y deslizó que investigaba un "asunto patrimonial". El ujier dudó, telefoneó a secretaría y finalmente lo dejó pasar. El despacho de Sáenz estaba en la tercera planta, alfombra mullida y puertas de caoba; olía a café recién hecho y a caramelos de menta.

Sáenz lo recibió con la cordialidad aprendida de un diplomático en descuento.

—No esperaba verte tan pronto, Alex. ¿Te has replanteado nuestra oferta?

Turner cerró la puerta tras de sí.

—Vengo por una versión distinta: quiero saber quién te manda. Y qué pintan Ramis y Ferrer en la misma foto con Alarcón.

El secretario ladeó la cabeza.

—Crees que todo gira en torno a Enerplus, ¿verdad? Se sobreestiman mis atribuciones. Soy un burócrata disciplinado, nada más.

—Disciplinado y bien pagado —apuntó Turner—. Recibiste hace dos meses una transferencia de Meridión Consultores. Cuarenta y cinco mil euros. "Servicios de análisis legislativo". ¿Eso también es burócrata disciplinado?

Sáenz frunció el ceño. El disfraz de cortesía empezó a rasgarse.

—Donde has metido la nariz no hay vuelta atrás.

—Ya lo sé. Igual que sé que te reuniste con Elena Ferrer y Tomás Luján en el Hotel Cumbre, septiembre. Tengo testigos. Falta tu explicación.

Sáenz hizo un gesto al asistente que aguardaba en la antesala. Cerró la puerta interior y bajó la voz.

—Mira, Turner. Ramis juega a largo plazo. Ferrer ejecuta. Yo administro. Y Alarcón… Alarcón se creyó héroe. El diputado tenía pruebas y amenazaba con hacerlas públicas. Así empezó todo.

—¿Y Marina Montal? ¿También era parte del juego?

El rostro de Sáenz palideció.

—Esa periodista firmó su sentencia cuando se llevó la copia del vídeo. No pensé que llegaría a tanto.

—Llegó hasta un buzón. Y yo tengo el pendrive.

Silencio. El zumbido lejano de una impresora llenó el hueco.

—No puedes publicarlo —murmuró el secretario—. Hay más en juego de lo que imaginas. Seguridad de Estado, estabilidad de mercado, nombres que no caben en tu cuaderno.

Turner se apoyó en la mesa.

—No necesito imaginar. Necesito que hables. Esta es tu oportunidad de quedar como colaborador y no como preso.

Sáenz exhaló con resignación.

—El Proyecto Cálamo es una caja B gigantesca. Contratos de digitalización fantasma. El dinero va a un fondo de contingencia político. Ramis lo diseñó. Ferrer lo validó desde Energía. Luján canaliza a través de Enerplus. Gustavo R. supervisa la parte sucia. Yo redacto los papeles para que todo cuadre.

—¿Dónde guardan la contabilidad real?

—En un servidor independiente, cifrado, fuera de la red ministerial. Solo Gustavo y Ferrer manejan las claves. Está en un chalé de Collado Villalba convertido en centro de datos.

Turner tomó nota mental. Collado Villalba, sierra noroeste. Buen lugar para esconder secretos.

—¿Cómo encaja la desaparición de Alarcón?

Sáenz tragó saliva.

—Intentaron comprarlo. No quiso. Pensaba destapar todo en la comisión de febrero. Se filtró la intención… y Gustavo montó el plan de "retiro voluntario". Yo solo dije que no quería ver sangre.

—Demasiado tarde. Hay un auditor y una periodista muertos.

—Por eso te cité anoche. Si publicas sin cuidado, habrá más.

Turner sacó su móvil y reprodujo diez segundos del vídeo donde Alarcón suplicaba fuera de cámara. Sáenz bajó la mirada.

—Si caigo —dijo el secretario—, te envío todo lo que tengo. Pero protégeme.

Turner guardó el móvil.

—No soy policía. Ni fiscal. Pero haré que tu nombre no quede enterrado si hablas ante la fiscal Aguado. Decide rápido.

Se dio media vuelta y salió. El pasillo olía a cera de suelo y a miedo fresco.

Ya en la calle, Turner llamó a Beatriz Aguado, la misma

magistrada que semanas atrás se ofreció a revisar sus primeros indicios sobre el caso Alarcón. Quedaron a las 16:00 para intercambiar información. Conectó su portátil al wifi de un hotel y revisó la carpeta **NOMINA** de "Archivo 14B". Halló una tabla de pagos mensuales a consultoras fantasma. Una columna llevaba iniciales: **"JS"**. Confirmación suficiente: Sáenz cobraba un sobresueldo por engrasar el engranaje.

Añadió las capturas a un dossier cifrado y envió copia a su nube protegida. Luego marcó el número de Rubén Alarcón.

—Gustavo R. controla un centro de datos en Collado Villalba —le dijo—. Querías participar: empieza por buscar matrículas de furgonetas blancas Meridión. Nos vemos esta noche.

Rubén aceptó sin réplica. El muchacho tenía la rabia bien templada.

A las 15:50, Turner aguardaba en la cafetería contigua a Plaza de Castilla. Noticias en la tele: el Gobierno lanzaba un plan de reindustrialización, Ramis en primera fila aplaudiendo. Imagen impecable. Él, en cambio, sentía la camisa pegada a la espalda: Sáenz ya era un peón suelto. Y un peón suelto es lo primero que se sacrifica.

Mensaje entrante: **SÁENZ** —"He cambiado de idea. Quiero declarar. Llámame."

Turner sonrió. El doble juego del secretario había terminado. Ahora faltaba evitar que el sistema moviera la guillotina antes del amanecer.

El detective Alex Turner volvió a su despacho a las siete de la tarde con el estómago revuelto por demasiados cafés y la llamada pendiente de un secretario dispuesto a cantar. Sobre la mesa, el pendrive reposaba como un insecto metálico. Tenía abierta la carpeta **VIDEO**: cuatro clips silbando desde la pantalla, cargados de amenazas y silencios. Pero aquellos archivos —lo intuía— eran como las viejas cintas de casete que los confidentes le dejaban en los noventa: jamás llegaban sin truco.

Para destripar grabaciones Turner confiaba en **Cloe Serrano**, ex técnica de sonido de Radio Nacional, ahora freelance con piso–estudio en Lavapiés: paredes acolchadas con cartones de huevos, monitores KRK y un gato siamés llamado Baudelaire que maullaba cuando oía frecuencias agudas. A las 19:45, Turner llamó a su timbre.

—Traigo material radiactivo —dijo, alzando el pendrive.

Cloe dejó que el gato olfateara al visitante y sirvió dos cafés negros. Sus auriculares Sennheiser aguardaban sobre la mesa como batas de cirujano.

—¿Vídeo o audio? —preguntó.

—Ambos. Pero el audio huele a tijeretazo.

Conectaron el pendrive al ordenador aislado de la red. Cloe cargó el primer clip en Audition. Apareció la imagen del diputado Alarcón, despeinado, gesticulando fuera de foco, y una voz distorsionada que respondía. Cloe abrió el espectrograma: picos cortados, huecos de silencio rellenados con ruido blanco.

—Montaje chapucero, pero efectivo—dictaminó—. Han quitado al menos treinta segundos en medio. Aquí, aquí y aquí —marcó con un lápiz óptico tres rectángulos rojos—. Podría recuperar parte si invierto la fase y realzo graves.

Turner asentía. Sabía que Cloe hablaba en un dialecto propio, pero confiaba en ella como en pocos. Mientras la técnica procesaba el audio, él revisaba el segundo clip.

—¿Ves esto? —dijo—. La sombra en la pared se repite. Copia-pega. Han borrado algo detrás del diputado.

Cloe acercó la imagen, ajustó niveles, subió contraste. Emergió una silueta rectangular: una pantalla apagada, quizá un monitor mostrando datos.

—Ese pixelado es manual —confirmó—. Quien editó no quería que viéramos lo que Alarcón estaba señalando.

Tras veinte minutos de filtros y algoritmos, Cloe extrajo un fragmento residual.

ALARCÓN (susurro): "Firmaron… sin leer… cuarenta millones… Cálamo…"

VOZ DESCONOCIDA: "Ya no importa lo que se firmó. Importa lo que vas a olvidar."

El corazón de Turner golpeó las costillas. Aquello era la prueba de que el diputado hablaba bajo coacción sobre el mismo proyecto corrupto que Sáenz había descrito cinco horas antes.

—¿Puedes mejorar la voz anónima? —preguntó.

—Está modulada con un plugin barato. Pero si cruzo con un perfil grave de hombre y ajusto formante… —tecleó—. Mira.

El timbre emergió limpio. Turner tragó saliva al reconocerlo. Era **Gustavo R.**, el hombre–sombra del que todos hablaban y nadie veía.

—Tenemos al carcelero dando órdenes —murmuró.

Cloe levantó la vista.

—Eso te convierte en objetivo preferente. ¿Lo sabes?

—Desde ayer. ¿Puedes montar un informe técnico? Necesito demostrar la manipulación.

Ella asintió, exportó un PDF y lo firmó digitalmente.

Cuando procesaban el tercer clip, Cloe localizó metadatos escondidos: un sello de software pirata, hora de render 03:12 a.m., usuario "GRaves". Turner recordó el sobre con esa palabra y el pendrive dejado en el buzón. Las piezas encajaban: Marina Montal había roto el cifrado, había visto los vídeos, había empezado a editarlos para restaurar la verdad… y la habían silenciado antes de que terminara.

En el cuarto clip, ya limpio de cortes, Alarcón pedía un nombre concreto:

"Háblame con Beatriz Aguado… ella escuchará. Díselo a Alex…"

Turner y Cloe se miraron. Marina había logrado rescatar esa línea. El diputado confiaba en la fiscal. Todo coincidía.

—Me llevo copias y tu informe —dijo Turner—. Si no vuelvo mañana, publícalo en todas partes.

—Eso no me salvará —respondió ella.

—Te hará justa.

Se estrecharon la mano. Baudelaire maulló, como augurio nocturno.

En la calle, el aire olía a ozono eléctrico. Turner llamó a Sáenz desde un prepago:

—Tengo el vídeo con tu nombre latente. Quiero tu testimonio firmado mañana a las diez. Después, directo a la fiscalía.

Sáenz tartamudeó:

—No… no puedo. Están encima. Gustavo…

Turner colgó. Horas antes había acordado con Rubén —el hijo adoptivo de Alarcón, que ahora colaboraba con él— que vigilara las furgonetas de Meridión, la subcontrata que utilizaba Gustavo R. para mover material sensible. Mandó un mensaje al muchacho con la matrícula recién anotada con la matrícula de la furgoneta de Meridión. Ordenó: *"Sigue a distancia. Avísame si se desvían al norte."*

Encendió un cigarro y caminó hacia su coche. Tres pasos antes de llegar, se abrió la puerta de una furgoneta amarilla de reparto. Un hombre salió empuñando algo metálico. Turner reaccionó instinto: se agachó; el objeto pasó silbando—no era bala, era barra extensible—y golpeó la luna trasera de un Opel aparcado.

Turner rodó, sacó la pistola que raramente mostraba y apuntó. El agresor dudó un segundo; suficiente para que un taxi apareciera y lo cegara con los faros. El tipo retrocedió y saltó a la furgoneta, que arrancó chirriando.

El detective la siguió con la mirada hasta que desapareció en la avenida. Guardó el arma, subió al coche, marcó a la fiscal Aguado.

—Esta noche alguien intentó callarme. Mañana llevo la prueba. Prepárese para firmar la orden de registro de un chalé en Collado Villalba.

La fiscal respondió con voz queda:

—Ven vivo, Turner. Lo demás lo arreglo yo.

Colgó. Encendió el motor. Mientras las luces de Madrid se reflejaban en el parabrisas mojado, se juró no caer antes de hacer públicos aquellos clips. En las cintas había una verdad mutilada, pero aún viva. Y él pensaba resucitarla.

Apretó el volante.

—No esta vez —susurró.

Y se lanzó a la noche con la determinación de quien ya no teme perder porque sabe que, si calla, la derrota sería mucho peor.

Madrid, 02:15 h. La sirena lejana de una ambulancia dibujaba zarpazos azules en las fachadas. Alex Turner aparcó el coche en un callejón de Chamberí, apagó el motor y se quedó respirando hondo. El ataque de la furgoneta le había raspado la córnea de la calma; seguía temblando una mano, pero la cabeza funcionaba. Tenía que mentir. Mentir rápido, bien y a muchos. Porque la verdad, sin blindaje, no llegaría viva al amanecer.

Primero llamó a **Javier Beltrán**, su periodista de confianza.

—Suelta un titular falso —ordenó—: "Vídeos prueban que Alarcón huyó a Lisboa hace un mes". Que gire en redes. Añade que la policía prepara su comparecencia.

Beltrán resopló.

—Eso desmonta medio escándalo.

—Precisamente. Necesito que Gustavo R. crea que la prueba desapareció conmigo. Y que no busque a Cloe. Hazlo.

Colgó. Siguiente mentira: un SMS a **Sergio Ramis** desde un móvil desechable.

Archivo original = en poder de fiscalía.
Declaración Sáenz 10:00.
Última oportunidad de acuerdo. Llama.

Sabía que la fiscal Aguado aún no tenía nada; apenas habían acordado verse a media mañana. Pero si Ramis creía que la Fiscalía poseía los vídeos, frenaría los cuchillos.

Por último, envió una nota de voz cifrada a **Rubén**:

—Si alguien pregunta, di que te equivocaste de matrícula. Que sigues la furgoneta equivocada. Necesito que desaparezcas hasta que te avise.

Tres mentiras en diez minutos. Suficiente para desorientar a cualquier cazador.

A las 03:10 aparcó frente al **Hotel Orquídea**, un tres estrellas de Cuatro Caminos donde el conserje lo conocía como "señor Cortés". Pidió una habitación con nombre falso, pagó en metálico y subió. Tenía que dormir dos horas, pero antes construyó su coartada.

Encendió la televisión, subió el volumen y marcó al fijo del despacho, sabiendo que el contestador grabaría la llamada:

—Beltrán —dijo en voz alta—, tengo tu pista de Lisboa. Salgo en el AVE de las seis. Si sale bien, volvemos ricos.

Colgó. Dejó la puerta sin cerrojo, puso la pistola cargada bajo la almohada y la libreta con el informe técnico de Cloe dentro de la funda de la guitarra que siempre llevaba al coche: nadie pensaría en buscar pruebas en un estuche polvoriento de cuerdas rotas.

Durmió noventa minutos. Se despertó con la garganta pastosa y un sueño de sangre en las escaleras del Congreso. Se duchó, cambió de camisa y bajó por la puerta lateral.

07:00 h. Café Torino, Calle Mayor. Mesas de mármol, barra de zinc y camarero que servía cortados sin preguntas. Turner pidió dos tostadas y se sentó en la esquina: desde allí veía la puerta y el espejo del fondo. Sacó el móvil limpio —el suyo— y escribió un correo a la fiscal Aguado:

08:45, puerta trasera de Plaza de Castilla. Traigo prueba audiovisual + informe técnico.

Cerró el portátil mientras la radio retransmitía un debate sobre corrupción municipal. Pensó en Sáenz: con suerte seguiría vivo y dispuesto a testificar. Con mala suerte, ya estaría camino de un vertedero.

Sonó el teléfono desechable. Número oculto.

—¿Turner? —la voz de Sáenz sonaba rota—. No voy a llegar a la fiscalía. Hay hombres fuera de mi casa. Dicen que es escolta preventiva, pero llevan guantes tácticos.

—Resiste —dijo Turner—. Envía tu declaración firmada al correo que te di.

—No entiendes… —ruido de interferencia—. Quieren que firme un parte médico: "crisis de ansiedad, traslado a clínica". Después desaparezco.

—Sáenz, escucha: la fiscal tiene el vídeo. Si firmas, te hundes. Mándame la ubicación, voy por ti.

Silencio. Un portazo lejano. Línea muerta.

Turner pagó y salió. Lloviznaba de nuevo, como si Madrid quisiera purificar sus pecados a cuentagotas.

Condujo hasta Argüelles. El portal de Sáenz estaba acordonado por un coche patrulla y una furgoneta gris sin matrícula oficial. Un paramédico introducía al secretario en la ambulancia. Sáenz lo vio, abrió la boca, pero la puerta se cerró y el vehículo arrancó.

Turner intoxicó el instinto: no podía seguirlo sin delatarse. Registró la matrícula de la ambulancia y fotografió las caras de los "paramédicos". Uno de ellos reparó en él; las miradas se cruzaron un segundo, luego el hombre desvió la vista. Turner retrocedió hasta su coche.

El teléfono parpadeó con un correo entrante: **Declaración_Saenz.pdf**. Asunto: *"Por si no llegamos"*. Turner lo abrió: cuatro páginas, fechas, firmas, cuentas, nombres, todo bajo el membrete del Ministerio. Vale más que mil balas, pensó. Guardó copia en la nube segura.

Pero cada mentira tiene un precio. Había engañado a Beltrán, a Ramis, a Rubén, a la fiscal… y a sí mismo, creyendo que podía controlar el tablero. Ahora un hombre estaba secuestrado en una ambulancia y sus perseguidores sabían que él sabía demasiado.

Se sentó al volante, encendió otro cigarro y murmuró la oración pagana de los desesperados:

—Que esta mentira sirva para algo.

Giró hacia la M-30. Su siguiente parada: Collado Villalba. Necesitaba encontrar el chalé–servidor antes de que alguien apagara la luz… y la verdad con ella.

La autovía A-6 era una cinta oscura que trepaba hacia la sierra. A ambos lados, las luces de las urbanizaciones parpadeaban como luciérnagas fatigadas. Alex Turner conducía con los faros cortos y la radio apagada; sólo el golpeteo leve de la lluvia contra el parabrisas marcaba un compás irregular. Collado Villalba quedaba a treinta kilómetros y cada kilómetro era una pregunta sin respuesta: ¿Seguía la ambulancia más adelante? ¿Estaba el chalé-servidor aún activo? ¿Cuántas mentiras tendría que inventar para llegar vivo al amanecer?

Turner había aprendido a desconfiar de todo, incluso de sus propias certezas. Recordó a su mentor —un viejo sabueso catalán— susurrándole en un bar de Sants: *«El éxito de un detective no está en descubrir la verdad, sino en no dejar que te la vuelen de las manos».* Aquel consejo resonaba ahora, acompañado del zumbido de su móvil, silenciado desde hacía dos horas.

Antes de salir de Madrid había dejado copias cifradas del vídeo, del informe de Cloe y de la declaración de Sáenz en tres lugares: un buzón de seguridad de la fiscal Aguado, una carpeta protegida en el servidor de Beltrán y un sobre físico en la taquilla 143 de la estación de Chamartín. Si lo hacían desaparecer, al menos habría un eco documental de su empeño.

También había cambiado de coche: dejó su Seat León en un parking de Plaza de España y alquiló un utilitario gris sin GPS. La desconfianza no era ya una técnica, era la respiración misma.

A las 22:55, el GPS externo —uno viejo, sin sincronizar con la nube— anunció la salida 39. El chalé-servidor, según los datos de Sáenz y los cruces catastrales, estaba en una parcela llamada **Finca Los Tejos**: un caserón de ladrillo visto, techos bajos, cámaras en las esquinas y una caseta de vigilancia con luces de sodio. Turner aparcó a quinientos metros, tras un seto de cipreses.

La valla metálica llevaba corriente: lo supo al ver el letrero rojo y el cableado grueso. Sacó los prismáticos: dentro, una furgoneta gris sin logos y la ambulancia blanca que había recogido a Sáenz. Tanto misterio para un retiro médico sospechosamente rápido.

El detective apuntó datos: hora, matrículas, número de cámaras. No llevaba ganzúas ni aspiraciones heroicas; su objetivo no era allanar, sino vigilar. Dejó el móvil dentro de una bolsa Faraday y encendió la grabadora analógica: menos ruidosa y —paradoja— más fiable.

—Observación Finca Los Tejos, 23:10 —susurró—. Furgoneta gris matrícula 2483 JNW; ambulancia blanca 9934 FZR. Dos guardias armados. Posible centro de datos clandestino.

A las 23:27, la puerta lateral del chalé se abrió. Dos hombres arrastraban algo envuelto en manta isotérmica: demasiado pequeño para un servidor, demasiado grande para un disco duro. Turner enfocó: el bulto gimió. Era Julián Sáenz, sedado o malherido.

Los guardias lo introdujeron en la furgoneta. El motor arrancó sin luces. Destino incierto. Turner maldijo en silencio: no podía seguirlos con aquel utilitario sin ser detectado.

Apuntó matrículas y giró de vuelta al coche. Si el sistema sospechaba que él merodeaba, ya estaría marcado. Había que informar a la fiscal antes de que borraran la pista viva de Sáenz.

Media vuelta hacia Madrid. Velocidad constante, faros intermitentes a la distancia: ¿seguimiento o coincidencia? Pisó un poco más. La paranoia —su brújula personal— indicaba que los mismos que secuestraban secretarios no dejarían testigos.

A las 00:15, paró en la gasolinera abandonada de Las Rozas. Abrió la guantera, sacó el móvil aislado y marcó a Aguado:

—Finca Los Tejos, Villalba. Centro de datos y prisión improvisada. Sáenz vivo, pero sedado. Furgoneta 2483 JNW salió hace veinte minutos. Activad BOLO.

—Entendido —respondió la fiscal—. Patrullas en camino. Tú desaparece.

—Eso intento. Y fiscal —añadió—, nadie de Energía ni de Fomento debe saber esto aún.

—Lo sé. Acelera.

Colgó. Mandó a Beltrán un SMS "Gomar–11" —código para *«publica si no vuelvo en 5 horas»*. Guardó el móvil y respiró hondo.

Arrancó y tomó la M-50. La lluvia había cesado y el asfalto brillaba como una herida reciente. Recordó al viejo cínico del bar de Sants: *«Alex, desconfiar no te salvará, pero confiar te matará seguro».* En aquel momento entendió el verdadero arte de su oficio: no se trataba de encontrar la verdad, sino de sobrevivir lo suficiente para que la verdad se contara sola.

Miró el retrovisor: carretera vacía. Quizá el perseguidor se perdió o, tal vez, nunca existió fuera de su imaginación dopada de adrenalina.

Pero Turner no bajó la guardia. Porque la paranoia, cuando se alimenta de hechos, deja de ser enfermedad: se convierte en método.

Pisó el acelerador. Al fondo, las luces de Madrid emergían como un ejército de luciérnagas. Quedaban horas para la cita con la fiscal. Horas en las que cualquier mentira podía explotar o cualquier aliado traicionar.

Y él, mientras tanto, seguiría desconfiando incluso de su sombra. Porque, en esta ciudad, las sombras también mienten.

CAPÍTULO 7: UN GIRO INESPERADO

Las nueve de la mañana pintaban Madrid de gris plomizo cuando Alex Turner recibió la llamada que heló la cafeína en sus venas.

—Inspector Aranda al aparato. Tenemos un cuerpo en la calle Huertas, piso tercero. La víctima es **Silvia Aranguren**. He pensado que querrías saberlo antes que nadie.

Silvia, redactora de *El Observador Libre*, llevaba semanas investigando el Proyecto Cálamo por su cuenta. Turner sintió un puñetazo en el estómago: otra voz crítica apagada.

La calle Huertas rebosaba turistas pese al cordón policial. Edificio 27, puerta entornada, dos agentes con rostro pétreo. Turner mostró su credencial; Aranda lo dejó pasar.

—Piso reformado, sin signos de forcejeo —informó—. Vecina llamó por olor a gas.

El salón era un bodegón detenido: portátil abierto, taza de té sin sorbos, un cuaderno Moleskine con títulos subrayados. El cuerpo yacía en la cocina, rostro pálido, jeringuilla a un palmo de la mano izquierda.

—Sobredosis simulada —dictaminó Aranda—. Inyectaron etorfina. Mata rápido, no deja escena aparatosa.

Silvia sostenía un bolígrafo. Turner abrió el cuaderno: páginas arrancadas; una nota pegada con cinta.

«Si me callan, usuario escritora ciega, clave quelolean. Alex, acaba lo

que empecé».

Guardó la nota.

En la mesa, un sobre marrón idéntico al que contenía las cintas de Marina Montal. Vacío salvo por las siglas **"G.R."**.

Con las credenciales, Turner accedió a un servidor islandés: tres carpetas.

- 1_Préstamo → copia de un crédito a nombre de **Rubén Alarcón** por 60 000 €, acompañado de un audio donde admite que firmó bajo chantaje.
- 2_Cálamo → correos cifrados entre Meridión Consultores y un dominio ministerial, fechados la víspera de la desaparición de Alarcón; adjuntos con facturas de servidores, compras de fentanilo y pagos a paramédicos.
- 3_Traducción → borrador de artículo sobre "falsos traslados sanitarios" y "ambulancias fantasma".

Descargó todo y lo duplicó en su nube segura.

A las diez y cuarto llegó tarde a la cita con la fiscal **Beatriz Aguado**.

—¿Traes las cintas? —preguntó ella.

—Y más. Silvia Aranguren ha sido asesinada. Dejó correos que vinculan a Meridión con compras de fentanilo y paramédicos. Encaja con la ambulancia que se llevó a Sáenz.

Aguado palideció.

—Necesito esos correos ya —dijo, firme.

Turner transfirió los archivos.

Antes de separarse, Aguado le mostró una foto forense: uno de los paramédicos, ex GEO vinculado a Meridión.

Turner guardó la imagen. Bajó al Metro con la mente en llamas.

Silvia había muerto por la misma verdad que Marina había intentado proteger con sus vídeos. Cada pieza que emergía costaba una vida.

Se juró desconfiar de todos—también de sí mismo—hasta que el diputado Alarcón apareciera o su destino quedara al descubierto.

La desconfianza era su único salvavidas, y el mar se tornaba más hondo a cada estación.

Turner abandonó Plaza de Castilla con el portátil de la fiscal llenando su mente de ecos digitales. Los correos extraídos del servidor islandés estaban cifrados con GPG de 4096 bits; descifrarlos era cuestión de tiempo para Cloe, pero él necesitaba una visión global antes de que el reloj judicial marcase las 17:00.

A las 11:30, tocó el timbre del estudio de **Cloe Serrano** en Lavapiés. Baudelaire, el gato siamés, lo recibió con un bufido. Cloe tenía las manos negras de café y la pantalla repleta de líneas de código.

—El archivo *Cálamo* es un baúl de doble fondo —explicó—. Cada correo tiene un bloque escondido en la cabecera. Si lo separo y lo paso por hash, obtengo una IP diferente en cada mensaje.

—¿Dónde llevan? —preguntó Turner.

Cloe tecleó; en la pantalla aparecieron siete direcciones IP. Cinco redirigían a servidores gubernamentales en Madrid, uno a un datacenter de Luxemburgo y el último a un bloque residencial en **San Lorenzo de El Escorial**.

—Ese residencial —dijo Turner— puede ser un simple repetidor doméstico, o la tapadera perfecta para Gustavo R.

Cloe lanzó un traceroute.

—Sale de un router Movistar, pero hace puente a un túnel VPN holandés y vuelve a un rack en Collado Villalba —sonrió—. Red interna. Coincide con la finca Los Tejos.

El detective sintió un latigazo de adrenalina. La IP doméstica era un señuelo; el correo cifrado redirigía a la misma granja de servidores donde retenían a Sáenz.

—Imprime todo —dijo—. Encierra esas rutas en un diagrama. La fiscal lo querrá claro.

Cloe pulsó ENTER; la impresora láser escupió seis folios.

Mientras Cloe empaquetaba el dossier, Turner repasó otro hallazgo: la carpeta *Préstamo* contenía dos mensajes entre Silvia y Rubén. El primero: Rubén admite haber firmado un préstamo forzado tras amenazas a su padre. El segundo, fechado la madrugada anterior a la muerte de Silvia: *«He visto la ambulancia en la finca. No entro. Demasiado riesgo».*

Turner memorizó la hora: 02:14. Silvia murió menos de dos horas después.

Añadió una nota en rojo:

Rubén vigilando finca → asesinos detectan filtración → eliminan periodista.

Una secuencia de causa y efecto tan limpia que dolía.

Cloe entregó el dossier. Turner guardó una copia en su maletín blindado y otra en un sobre sellado.

—Ten cuidado —dijo ella—. Gustavo ya perdió la sutileza.

—Y yo la paciencia —respondió.

Tomó el ascensor. En la acera, la ciudad hervía. Antes de arrancar envió a Rubén un SMS con la IP de El Escorial:

No te acerques a 185.47.209.33. Cámara de eco. Pueden rastrear.

Minutos después recibió respuesta:

Demasiado tarde. Siguen mi moto. Nos vemos despacho.

Turner mordió un taco de aire. Rubén se había precipitado.

12:40. Llegó a su despacho en Chamberí; la puerta del edificio estaba entreabierta. Subió dos escalones y oyó el motor de una moto alejarse. Dentro, encontró a Rubén con casco aún puesto.

—Me siguieron desde Moncloa —jadeó—. Furgoneta blanca, sin placas. Creo que la despisté en Alonso Cano.

—¿Te vieron entrar?

—No lo sé.

Turner cerró la puerta con doble vuelta. Le mostró el dossier.

—Estas rutas de IP prueban que Los Tejos es centro de datos y cuartel. La fiscal entra a las cinco. Hasta entonces, silencio absoluto.

Rubén revisaba las hojas. De pronto alzó la vista.

—¿Y si no llegan a tiempo?

Turner señaló el buzón empotrado en el mueble del recibidor.

—Ahí dentro hay una copia y una carta instructiva a *El Correo Central*. Si me cae una bala, Beltrán publica todo.

Rubén asintió. La paranoia compartida pesaba menos.

13:15. Turner abrió su correo cifrado: mensaje nuevo, remitente anónimo, asunto "AVL_COSTE – Fase final". Dentro, una única frase: *«Entrega a las 16:30 o agenda médico-legal para dos.»* Adjuntaba un enlace a un mapa con punto rojo en Ventas.

Miró a Rubén:

—Han adelantado su jugada. Quieren intercambio: mi copia por tu vida. O la de Sáenz.

Rubén apretó los puños.

—Iremos dos pasos delante. Les daremos un sobre muerto.

Turner respiró hondo. La IP había sido más peligrosa que una pistola: acabar de descifrarla había activado el mecanismo letal. Ahora cada minuto contaba como una bala cargada.

Apretó «Enviar» en un mensaje a la fiscal Aguado con el asunto "IP–Prueba final". Luego guardó el portátil.

—Nos vemos en Ventas —dijo—. Lleva casco y reza.

Salieron al pasillo. La desconfianza ya no era método: era oxígeno. Y cada respiración podía ser la última antes del disparo.

La estación de Ventas olía a fritura barata y caucho gastado. Eran las 16:10 cuando Alex Turner atravesó la línea de tornos, con la gabardina abrochada hasta el cuello y un sobre manila asomando bajo el brazo como un fémur robado. Llevaba otro sobre manila en la mano libre; había dejado su propia pistola oculta en la sobaquera y ningún objeto que lo delatara. La fiscal Aguado había jurado desplegar a un par de agentes encubiertos, pero Turner no contaba con salvavidas externos. Aquello era territorio neutral con ecos de emboscada.

Rubén llegó cuatro minutos después, sin la moto. Había venido en metro, el casco colgando de la mochila y la tensión marcando el quijar. Se le notaba a leguas que miraba tres veces cada reflejo.

—Tienen cámaras en todos los pasillos —murmuró—. Dos tipos con pinganillos a la altura del bar.

Turner asintió. El mapa señaló un punto rojo: nivel -2, andén vacío de la línea fantasma que Metro mantenía cerrado al público desde los ochenta. Un pasillo aislado, perfecto para intercambios sin testigos.

Descendieron por una escalera de servicio. Tubos fluorescentes parpadeaban; el ruido del transporte se apagaba bajo la losa de hormigón. Cuando llegaron al andén, un reloj detenido marcaba 13:37 y una única luz de emergencia teñía las baldosas de ámbar sucio.

En la penumbra les esperaba un hombre de traje crudo, rostro afeitado, manos en los bolsillos. Turner lo reconoció: **Sergio Ramis**, el secretario de Estado que había orquestado la cena trampa de El Galeote y buena parte del Proyecto Cálamo. A su espalda, dos figuras corpulentas con cazadoras negras y miradas vacías.

Ramis levantó la palma.

—Sin juegos, Turner. Tienes algo que no te pertenece.

—Tengo algo que salvará a tu amigo Sáenz si sigue vivo —replicó Alex—. ¿Dónde lo tenéis?

Uno de los escoltas activó un altavoz de bolsillo. La voz de Sáenz, débil, emergió:

"Alex… hazlo… ellos…"

Chirrido y silencio. Rubén dio un paso violento, Turner le sujetó el antebrazo.

—Tranquilo —susurró—. Todavía respira.

Turner alzó el sobre.

—Copias íntegras de los correos cifrados. Facturas, VPN, ubicación del servidor. Lo que queréis borrar.

Ramis sonrió sin humor.

—Y la fiscal Aguado ya tiene una copia, ¿verdad? No te hagas el héroe: esto va de control de daños.

—De vuestra parte sí. La mía va de rescatar un diputado y frenar una matanza.

Ramis extendió la mano.

—El sobre.

Turner lo sostuvo un segundo. Sabía que aquel manila estaba relleno de papeles sin valor: recortes de periódico, menús de cafetería. Las copias verdaderas dormían en la nube cifrada. Pero el gesto era necesario.

Entregó el sobre.

Ramis lo abrió, sacó la primera hoja, se quedó perplejo ante la carta de menús. Alzó la vista; la sonrisa había muerto.

—Me he cansado de puñales —dijo Turner—. Quiero a Sáenz y a

Alarcón vivos. Llama y ordena su entrega.

El guarda a la derecha sacó un revólver con silenciador. El disparo salió antes que el grito. Rubén empujó a Turner contra la pared; la bala se incrustó en el cartel de evacuación más allá.

Se desató el caos.

Turner rodó tras una columna, extrajo su Glock y apuntó. Rubén, agachado, buscó una salida. Otro disparo zumbó, rebotó en la viga metálica, la chispa iluminó polvo suspendido.

—¡Entréganos las claves y saldrás caminando! —gritó Ramis, escudado tras un pilar.

Turner pensó en las copias dispersas por media ciudad. Respondió disparando al fluorescente; la luz estalló, la penumbra se hizo completa. En la oscuridad, pasos y maldiciones.

Rubén tiró el casco con fuerza: golpeó la pared, distrayendo a uno de los guardias. Turner aprovechó, se asomó y disparó a la pierna del escolta; cayó con un quejido seco.

El segundo guarda trató de bordear, pero de la escalera surgieron dos siluetas: agentes de la Policía Nacional enviados por Aguado. "¡Al suelo!" —gritos, destellos de linterna, manos arriba.

Ramis se rindió. Sus hombres también, uno sangrando. Turner bajó el arma.

Afuera, en el andén custodiado, Aguado apareció con chaleco antibalas. Saludó a Turner con un gesto que mezclaba alivio y reproche.

—Al trasladar la ambulancia vimos movimiento anómalo. Pedí apoyo. Llegué tarde, pero suficiente.

—¿Sáenz? —preguntó Turner.

—Localizado. Vivo. Lo tenían en una clínica privada en

Mirasierra. Y escucha: el diputado Alarcón apareció en otra sala, sedado, hidratado por vía.

Turner cerró los ojos un instante. Todo el caso se comprimía en esa palabra: vivo.

De vuelta en superficie, la fiscal resumió:

—El Proyecto Cálamo no era solo una caja B. Es tapadera de una red de contratos cruzados con Defensa y Seguridad Interior. Energía es la fachada, Fomento la logística, Economía la contabilidad, Meridión la fuerza ejecutora. Están comprando silencios desde hace años.

—Un caso dentro del caso —dijo Turner—. Desaparecer a Alarcón era evitar que la conexión con Defensa saliese.

Aguado asintió.

—Y matar a Silvia frenaba la pista médica: etorfina, ambulancias falsas, traslados off-record. Gracias a esa IP hemos atado la clínica y al personal paramédico.

Rubén, sentado en el bordillo con manta térmica, alzó la vista.

—¿Y ahora qué? ¿Ramis y Ferrer caen mañana?

Aguado apretó los labios.

—Si los jueces no se asustan, sí. Pero hemos abierto una puerta que da a otro corredor. Hay nombres mayores, Turner. Y tú los has rosado.

El detective miró el horizonte: la ciudad seguía su tráfico indiferente. Recordó a Marina, a Silvia, a Cobo. Cada pedazo de verdad había costado una vida.

—Entonces, fiscal —dijo—, abramos todos los corredores. O morirán más periodistas.

Aguado sostuvo su mirada.

—Lo haremos. Pero necesito que no te maten antes de declarar.

Turner respiró hondo. La tarde se nublaba, y las luces de la Gran Vía comenzaban a encenderse como avisos.

—Yo seguiré. Pero esta vez no confío ni en mi sombra.

—Es un buen método —respondió Aguado.

Y se alejaron cada uno en dirección distinta: la fiscal a firmar órdenes, Turner a velar por que la verdad, tantas veces mutilada, llegase entera a su próximo amanecer.

La penumbra del box 312 de la clínica San Gabriel se iluminaba con el ritmo irregular de los monitores. Fernando Alarcón yacía sedado, su rostro flácido, el pulso prisionero de un oxímetro. A su lado, Rubén sostenía la mano de aquel padre sin papeles, pero con demasiada historia. Alex Turner vigilaba la puerta; el pasillo rebosaba policías mientras la fiscal Aguado gestionaba el traslado judicial.

—Dicen que se recuperará —susurró Rubén—. Pero ¿y si no llega a hablar?

Turner no respondió. Había visto demasiados testigos "recuperarse" para después callar por miedo o por navaja.

El médico que retiró la bata de Alarcón encontró un sobre cosido al forro interior. No figuraba en el inventario. Aguado lo entregó a Turner.

En la solapa: *"A. Turner – Abrir solo si no vuelvo"*. Dentro había tres folios manuscritos con letra temblorosa y tintas superpuestas: una primera versión tachada, una segunda a medio redactar y un margen lleno de notas urgentes.

«He reunido pruebas de que el Proyecto Cálamo financia operaciones del Ministerio de Defensa bajo la apariencia de digitalización energética. Firmaron Ramis, Ferrer y Cuervo. El dinero se blanquea a través de Meridión y sociedades en Luxemburgo. **No confíes en la comisión de investigación: está**

comprada. Si me desaparecen, acude al padre Gabriel Muñoz; él guarda mi declaración jurada y un pendrive.»

Turner sintió un estremecimiento. Aquello era mucho más que un borrador; era la confesión final del diputado, escrita con prisas, destinada a nadie y a todos.

—"La nota no enviada" —murmuró—. Nunca la entregó.

—Quizá no tuvo tiempo —dijo Aguado—. O supo que lo interceptarían.

A las 19:10, Turner se plantó en la sacristía de la iglesia de San Lorenzo de las Amapolas. El padre Gabriel, ojos cansados, lo escuchó en silencio y abrió un cajón del confesionario. De allí extrajo un pendrive azul sellado con lacre.

—Fernando me lo confió hace un mes. Juré entregarlo solo si su vida corría peligro.

Turner guardó el dispositivo y agradeció con un apretón de manos que dejaba temblor en la piel.

De regreso al despacho, conectó el pendrive al portátil aislado. Documentos PDF, grabaciones de voz, listados de contratos cruzados entre Defensa y Fomento. En una subcarpeta, un texto titulado *Intervención Pleno 15-F*; la intervención que Alarcón nunca llegó a pronunciar.

«Señorías: vengo a denunciar un desvío de fondos que compromete la seguridad del Estado y la salud democrática. Nadie tiene derecho a enriquecer empresas opacas con la excusa de la protección nacional...»

El borrador terminaba abrupto. Turner imaginó al diputado deteniéndose, dudando entre el silencio seguro y la verdad suicida.

Copió los archivos y los encriptó en su nube. Después prendió un cigarro y volvió a leer la nota manuscrita. Cada línea era un testamento en carne viva.

La puerta crujió. Rubén entró.

—Ha despertado —dijo—. No puede hablar por la sedación, pero escribió esto.

Le tendió un post-it con un trazo torcido:

«Ellos saben que estoy despierto. Cuidado con Aguado. Documento D4 en Villalba.»

Turner tragó saliva. ¿Aguado comprada? ¿O paranoia del sedante? ¿Qué era "D4"?

20:30. Turner llamó a Beltrán; nadie contestó. Marcó a Cloe; saltó el buzón. Envió SMS a la fiscal: *"Necesito confirmar seguridad interna. Documento D4 Villalba. ¿Qué sabes?"*.

No llegó respuesta.

El detective se reclinó en la silla. El caso dentro del caso tenía otro pasillo oculto. Y la mano que le tendía aquella nota advertía que la fiscal —la única aliada institucional— podía ser ya parte del tablero enemigo, queriendo apropiarse del pendrive.

Encendió la grabadora analógica.

—Diario Turner, 21:00. Alarcón vivo, pero teme a su propia salvadora. Existe un archivo D4 en la finca Los Tejos. Mañana, orden de registro. Si Aguado es leal, lo veremos juntos. Si no… voy solo.

Guardó la nota en la cartera, empuñó la Glock y comprobó el cargador. La noche madrileña parpadeaba tras la ventana. No confiaba en su sombra; menos aún en quienes decían proteger la luz.

Mientras las campanas de San Isidro marcaban las nueve, Turner entendió que la nota no enviada había cambiado las reglas: ahora debía decidir en quién creer cuando hasta la verdad firmada temblaba en los márgenes.

Y cada página quemaba más que la pólvora.

El reloj fluorescente del despacho marcaba 02:13 cuando Alex Turner apagó la lámpara. Había estudiado los planos catastrales de la Finca Los Tejos, las rutas de escape, la distancia hasta el puesto de Guardia Civil más cercano. Si la fiscal Aguado era leal, el registro arrancaría a las 08:00 y él solo debía aguantar la noche. Si Aguado jugaba para otro palo, a las 08:01 los servidores habrían ardido y el documento D4 sería humo.

No podía esperar. Tampoco podía llevar a Rubén: demasiado riesgo. Le dejó una nota —«*Si no vuelvo, caja 143, Chamartín*»— y salió al pasillo con la Glock en la sobaquera y la mochila liviana: ganzúas, linterna de luz roja, prisma de señal y el pendrive azul sellado. Un taxi le llevó hasta Las Rozas; allí alquiló una bicicleta eléctrica compartida y pedaleó el tramo final por un camino forestal, guiado por la luz mortecina de la luna.

03:41. Se agazapó tras un ciprés y observó la casa. Las cámaras giraban con pausa hipnótica; la valla seguía electrificada. Pero habían añadido algo: un haz láser barría la entrada principal. Los perros ya no ladraban; señal de que o estaban dormidos o los habían sacrificado. La finca olía a pólvora callada.

Por el lateral norte, un cobertizo de jardinería carecía de sensor. Turner saltó la valla, rozó el alambre, sintió la descarga leve en la bota: tenía apenas 50 voltios, más disuasorio que letal. Abrió la puerta del cobertizo; dentro, regaderas alineadas, sacos de tierra y una trampilla metálica en el suelo —nueva, soldadura fresca.

La abrió con la palanca. Un gato muerto yacía en los peldaños. Al fondo, un pasillo de hormigón con cableado vista. El detective descendió.

Una luz blanca retiniana iluminaba una sala subterránea. Cinco racks de servidores zumbaban; dos ventiladores industriales mascaban aire caliente. Sobre una mesa, cuatro carpetas rotuladas: **D1**, **D2**, **D3**, **D4**. Esta última estaba cerrada con brida plástica.

Turner cortó la brida y abrió: listados de nombres, montos, unidades militares, contratos con nomenclatura de misiles. En la portada, logo del Ministerio de Defensa y un sello rojo: *"CLASIFICADO – NIVEL 4"*. Aquello no era solo corrupción: era tráfico de armamento encubierto en presupuestos energéticos.

Sacó el móvil aislado, fotografió cada página. Cuando terminó, un chasquido eléctrico apagó los ventiladores. Silencio. Salió al pasillo, arma en alto.

Dos pasos, y la luz roja de emergencia se encendió. Una voz detrás:

—Baja el arma, Turner.

Giró. La fiscal **Beatriz Aguado** apuntaba con una Beretta. Su rostro era una máscara de tristeza.

—Lo siento —susurró—. Ya llegaste demasiado lejos.

—¿También para ti? —preguntó. El pulso frío, la adrenalina masticando los segundos.

Detrás de Aguado apareció **Sergio Ramis**, traje negro, corbata suelta.

—La fiscalía sirve al Estado, Alex —dijo—. Y el Estado necesita silencio.

Turner evaluó distancias: dos metros a la pared, tres a la escalera, cero salidas.

—¿Y Alarcón? —preguntó—. ¿O ya os sobra?

Ramis sonrió, un gesto de piedad fingida.

—Dormirá para siempre. Igual que tú.

Aguado apretó la mandíbula, pero mantuvo el arma. Turner bajó la Glock, dejó que resbalara al suelo.

—Tú decides —dijo a la fiscal—. Cada bala que dispares será

pública. Mi nube envió ya las fotos a cien periodistas.

Mentía; el envío tardaría diez minutos más. Pero la mentira sudaba credibilidad.

Aguado dudó. Ramis avanzó un paso.

—Dispara —ordenó.

Turner alzó despacio las manos.

—Beatriz, piensa en Silvia, en Marina, en Cobo…

El disparo sacudió el túnel. El hombro de Turner ardió. Cayó de rodillas. Aguado temblaba; la bala había rozado músculo, no hueso.

—Una herida limpia —dijo Ramis—. Ahora otra.

Pero arriba, la finca estalló en alarido de sirenas. Luces azules filtraron la rejilla. Voces: *Guardia Civil, ¡alto!*

—¡Has avisado! —bramó Ramis.

Turner sonrió, sangre en los dientes.

—Desconfío de todos —susurró—. También de mí. Por eso planifiqué doble.

Aguado bajó el arma, lágrimas hechas furia.

—Ramis, se acabó —dijo—. Yo firmé la orden a las cinco. Ellos vienen por ti.

Ramis apuntó a la fiscal. Un disparo seco. Turner se lanzó con el hombro herido; la bala de Ramis dio en la pared. El detective golpeó la muñeca del político, la pistola cayó. Los guardias irrumpieron, esposas volando.

05:50. Afuera, el alba brotaba tras la sierra. Turner, vendado, se sentó en la ambulancia verdadera. Aguado, esposada, subía a un coche patrulla: traición documentada, audio grabado por Turner en el túnel.

Rubén apareció corriendo. Miró el vendaje.

—¿Vivo?

—Lo bastante para declarar.

El muchacho le entregó la Glock envuelta en pañuelo.

—No confíes en nadie —repitió Turner—. Ni siquiera en mí.

Rubén sonrió triste.

—Lo aprendí de ti.

Turner apoyó la cabeza en el respaldo. Sirenas, pájaros, olor a tierra mojada. Había caído en la trampa, sí, pero se llevó consigo al cazador y destapó el caso dentro del caso.

Aquel amanecer no sabría aún si la justicia salvaría a Alarcón o a nadie. Pero mientras respirara, seguiría desconfiando: el arte que lo mantenía vivo.

CAPÍTULO 8: EN LA MIRA

La mañana después del asalto a la Finca Los Tejos amaneció con un sol tímido que no alcanzaba a secar los charcos de la tormenta nocturna. Alex Turner abandonó el hospital con el hombro vendado bajo la camisa azul marino y una prescripción de antiinflamatorios que sabía que ignoraría. El disparo de Aguado había rozado músculo, pero no hueso; aún así, cada paso le recordaba que estaba vivo de milagro y que el milagro tenía caducidad.

La fiscala dormía en calabozo preventivo; Sergio Ramis declararía ante el juez esa misma tarde. Julián Sáenz, convaleciente, aceptaba colaborar bajo protección policial. Y Fernando Alarcón seguía sedado, rodeado de agentes que cambiaban turno cada cuatro horas. Sobre el papel, las piezas principales estaban a salvo. En la práctica, Turner sentía la presión de estar bailando sobre un cristal recién fisurado.

Al mediodía, Javier Beltrán lo citó en una terraza junto a la Carrera de San Jerónimo. El Congreso bullía por dentro; periodistas entraban y salían como abejas sin néctar, buscando la versión oficial sobre la detención de Ramis. Turner llegó con gafas de sol y gorra de ciclista. Se sentó sin quitarse la mochila.

—Tu cara está en todos los canales —susurró Beltrán—. "El detective que tumbó a Ramis".

—Eso atrae aplausos y balas —replicó Turner—. ¿Qué tienes?

Beltrán deslizó una carpeta.

—Hoy a las cuatro, comisión extraordinaria. El partido va a sacrificar a Ferrer para contener el incendio y culparla de exceso de celo. Hablan de "operador independiente" para Meridión.

Turner hojeó: notas de portavoces, borrador de discurso, una lista de periodistas alineados para maquillar titulares. El engranaje había perdido piezas, pero seguía girando.

—Quieren que todo parezca una trama de segundo nivel —dijo Turner—. Ramis como lobo solitario.

—Y tú como héroe involuntario que ya no interesa. En tres días pasarás de noticia a nota a pie de página. Luego, quizá, a obituario.

Turner levantó la mirada. Más allá de la terraza, un hombre con auriculares fingía leer *La Razón*; otro, de traje beige, miraba el móvil mientras apuntaba con el objetivo de la cámara hacia ellos dos.

—Fotógrafos encubiertos —musitó—. Peor que sicarios: te matan mil veces al día.

Beltrán asintió.

—La prensa huele la sangre, pero también huele el poder que se defiende. Y ahora eres carne cara.

A las quince horas, Turner se dirigió a su despacho en Chamberí. Notó un Opel Corsa gris detrás desde la glorieta de Bilbao. Cambió de carril, giró por Luchana, volvió a Almagro. El Corsa seguía. Enfiló Sagasta, paró junto a una obra, bajó y cruzó entre contenedores; el Opel aminoró pero no se detuvo. El conductor, gafas oscuras, fingía hablar por teléfono.

Turner apuntó matrícula y envió SMS a Rubén: *"4638 KLG siguiéndome"*. Repitió maniobra: calle Santa Engracia, giro prohibido, doble fila. El Corsa no se arriesgó; pasó de largo. Turner suspiró. No era un profesional: demasiada prudencia. Tal vez prensa, tal vez seguridad interna queriendo "proteger".

Subió al despacho; la cerradura mostraba arañazos frescos. Dentro, todo parecía intacto salvo el cajón inferior de la biblioteca: la copia física con el dossier VPN había desaparecido. Su carta de seguridad a *El Correo Central* seguía allí—taquilla 143 —pero la redundancia había perdido una pata.

Sobre la mesa, una nota escrita a mano: *"No podrás protegerlos a todos. Sal de Madrid. —G.R."*.

Gustavo R. seguía libre, o alguien usaba su firma para jugar con su cabeza.

Turner encendió la radio para cubrir posibles micrófonos con ruido blanco. Sacó el pendrive azul—todavía con lacre intacto— y lo ocultó en el tanque de agua de la cafetera italiana. Cargó la Glock, comprobó la venda: la sangre no había manchado la camisa.

Marcó a Cloe.

—¿Siguen las IP generando tráfico?

—No —respondió—. Cero paquetes desde anoche. El servidor está apagado. Pero hay un ping cada diez minutos desde Luxemburgo.

—¿Puede ser señal de borrado remoto?

—O de reloj de cuenta atrás. Puedo lanzar señuelo, pero si reactivan, sabrán mi ubicación.

—Hazlo. Prefiero que vengan a ti con gatos y auriculares que con paramédicos.

Cloe rió sin humor.

—Mando refuerzo felino.

17:30. Los informativos mostraban a Elena Ferrer entrando al Congreso rodeada de flashes. Turner vio la transmisión en un monitor portátil. La directora general negó a gritos su implicación; culpó a Ramis de desviar fondos "sin supervisión". Una narrativa perfecta para un público saturado de escándalos.

La pantalla parpadeó; señal interrumpida. Se instaló un silencio súbito en el despacho. Entonces oyó un clic metálico, apenas audible, provenientes del marco de la ventana.

Se giró: un pequeño cilindro negro pegado al cristal interior. Micrófono contact magnético, de los que envían audio por vibración. De dónde había salido, imposible decirlo.

Lo arrancó, lo guardó en bolsa antiestática y sonrió amargamente: las sombras no solo seguían; escuchaban.

Cayó la noche. Turner se colgó la mochila ligera: pendrive en la cafetera, fotos subidas a la nube, Glock en la sobaquera. Rubén esperaba en una cafetería de Atocha con el sobre blanco destinado a Beltrán. Después tocaría abandonar Madrid hasta que el juez dictara prisión provisional a Ferrer y a Cuervo.

Antes de salir, miró el despacho: polvo, cuadernos, humo de café. Pensó en Marina, en Silvia, en Cobo. Cada vez que creyó estar fuera, la trama lo volvió a engullir.

Bajó la escalera. El eco de sus pasos se mezclaba con otros dos, ligeros, descendiendo tras él. En el portal, el Opel Corsa gris esperaba con las luces apagadas.

Alex Turner colocó la mano en la culata, abrió la puerta y respiró hondo. Estaba en la mira, su propia vida era ahora moneda de cambio, pero había elegido seguir—por miedo, por orgullo o por justicia—y no pensaba parpadear antes que el cazador.

La oscuridad de la calle pareció aplaudir su determinación. Turner avanzó. Las sombras también. Y el juego reanudó su ronda bajo el cielo negro de Madrid, donde la verdad siempre costaba una vida y la siguiente ya tenía su nombre tallado.

La lluvia menuda que empapaba los soportales de Atocha se metía entre el cuello de la gabardina de Alex Turner como un recordatorio de todas las puertas que iba dejando abiertas. Eran las 22:05 cuando entró en el **Café Manuela**, un local de aire bohemio donde los camareros llevaban chalecos apolillados y el jazz sonaba en vinilo con más crujidos que notas. En la barra bullía un caldo de voces extranjeras, mochileros de hostal cercano que buscaban Wi-Fi gratis y cerveza barata. Aquella mezcla de anonimato y ruido era perfecta: el lugar ideal para hablar sin levantar sospechas. O eso creía él.

Turner se sentó en la mesa del fondo, junto a la estantería de libros desparejados. Pidió un carajillo quemado —café, brandy, piel de limón— y sacó la libreta. Minutos después llegó **Cloe Serrano**, gorro de lana y mochila con el logo de una vieja radio. Baudelaire, su gato siamés, no la acompañaba: los gatos no firman testamento.

—Has elegido un buen escondite —dijo ella, apartándose un mechón lila—. Aquí las cámaras de seguridad son más antiguas que mi abuela.

—Precisamente —respondió Turner—. Y el ruido ambiental impide micrófonos direccionales. O eso dicen los manuales.

Cloe soltó una carcajada seca.

—El espionaje se ha democratizado. Bastan treinta euros en AliExpress y un adolescente con TikTok para dejarte en calzones.

Sacó de la mochila un paquetito envuelto en papel de aluminio. Dentro, un minúsculo emisor Bluetooth, batería de botón y pegatina doble cara.

—Lo encontré debajo de tu mesa en Lavapiés —susurró—. Grabada cada vez que hablábamos. Transmisión continua a un móvil intermediario.

Turner no se sorprendió—la noche anterior había hallado un micro oculto en el marco de la ventana de su despacho—pero aun así sintió un ligero escalofrío.

—¿Quién más sabe?

—Nadie. Baudelaire lo olisqueó a las tres de la mañana. Lo abrí y cloné la e-sim. Pude rastrear destino: antena en Vallecas, luego nube turca, luego nulo. Limpio.

El detective bebió el carajillo, sintió el brandy quemar la herida del hombro.

—No pueden estar en todas partes —gruñó.

—Claro que sí —sonrió Cloe—. Esto lo pillas por docenas. Y luego está el método pobre: móvil encima de la mesa, app de notas de voz, envía al instante. Nadie sospecha del turista instagramer.

Turner pasó la mirada por el local: tres mesas con parejas, dos mochileros compartiendo falafel, un hombre solo escribiendo en un portátil adornado con pegatinas. Cada uno podía ser oreja.

El camarero trajo dos cortados y un pincho de tortilla. Turner revolvió el café y notó que la cucharilla resonaba extraño. La tanteó: dentro del mango hueco alguien había insertado otro micro Bluetooth, esmaltado del mismo color metálico.

—Claro —susurró, casi con resignación—. Ya no basta con revisar marcos y pomos: ahora hasta las cucharillas cotillean.

Cloe sacó una bolsita antiestática y guardó la cucharilla.

—Esto demuestra que ya no se necesitan clínicas secretas ni furgonetas sin matrícula. Basta con un camarero aleccionado y un dispositivo de saldo.

—¿Puedes hacerle ingeniería inversa?

Ella asintió.

—Lo que quiero es exponerlo: "Así se espía con tres euros". Una pieza didáctica que humille a los grandes.

Turner negó con la cabeza.

—Sería ofrecerles que cambien de táctica. Ahora necesitamos quietud, no titulares.

Al fondo del café, la cortina del almacén se movió. Turner vio el reflejo en la vitrina de whiskies: dos hombres susurraban, uno con chaqueta de motorista, el otro con gorra militar. Ningún camarero entró o salió.

—Hora de irnos —dijo—. Guárdate todo.

Cloe recogió la mochila. Salieron por la puerta lateral que daba a un callejón. El aire olía a fritanga y gas húmedo. Pasaron junto a cubos de basura; Turner se detuvo.

—¿Nos siguen?

Cloe abrió el portátil, corrió un script: detección de Bluetooth activos.

—Tres dispositivos en un radio de diez metros, y uno mueve-se hacia aquí.

Ruido de pasos. Turner empujó a Cloe tras un contenedor. Un hombre apareció, charlando por teléfono, cruzó sin reparar en ellos. Silencio.

—Falsa alarma —susurró ella.

—O distracción.

Volvieron a la calle principal. Gente, taxis, vapor de alcantarillas. Cloe tomó un bus. Turner subió a un Cabify rumbo a Atocha. En la pantalla del móvil, Cloe envió mensaje:

"Micrófono de cucharilla fabricado por empresa de catering vinculada a Meridión."

Turner sintió el estómago retorcerse. Cada capa quitaba polvo a un engranaje más grande.

00:05. Se apeó en la Glorieta de Embajadores. Caminó dos calles hasta el piso franco donde dormía a ratos. Antes de entrar, revisó el pomo: sin arañazos. Abrió despacio.

La luz del pasillo reveló un sobre en el felpudo: sin sello, sin nombre. Dentro, una única foto polaroid: Turner y Cloe en el Café Manuela, dos horas antes, cucharilla brillante en primer plano.

Dorso: *"El sonido de tu respiración es música, detective. —G.R."*

Turner se dejó caer en la silla del recibidor. Las sombras lo seguían, lo escuchaban, lo fotografiaban en tiempo real. No necesitaron Jeep, flashes ni satélites: bastaba un camarero y una cucharilla.

Encendió la grabadora.

—Diario Turner, 00:22. Gustavo confirma que escucha y mira. El micrófono del café es prueba, la foto, su firma. Cloe en riesgo. Rubén también. Próximo paso: contención. Recomiendo cambio de teléfonos, línea satelital, hotel sin reservas.

Guardó la foto. Sacó el pendrive azul del bolsillo interior: no podía permitir que otro cubierto espía robase la memoria del diputado.

Se levantó, apuntó el espejo con la Glock y disparó. El cristal estalló. Silencio.

—Por si había otra cucharilla —murmuró.

La noche madrileña pareció reír de fondo. Turner apagó la luz. Sabía que, desde ese instante, cada café, cada conversación, cada mísero sorbo sería compartido con su enemigo. Pero aún respiraba, y mientras respirara seguiría haciendo ruido. Ruido suficiente para que la verdad rasgase el telón de micrófonos que Meridión desplegaba por la ciudad.

Y esperó, con el arma cargada y la radio a todo volumen, a que llegara el amanecer que decidiría si todavía había un eco para su voz.

El amanecer trajo un silencio denso, como de plomo acuoso.

Alex Turner no pegó ojo: viajó de SIM en SIM, de chat en chat, intentando blindar a los pocos aliados que le quedaban. A las 07:10, mientras encendía la cafetera italiana, sonó el Nokia seguro. **Javier Beltrán** susurró desde el otro lado con voz de piedra molida:

—Alex… a Cloe le han disparado.

La taza resbaló, rompió el fregadero y tiñó los platos de café.

—¿Dónde?

—Portal de su casa. Dos tiros, moto negra. Está en el Clínico.

Turner sintió el hombro vendado latir como un tambor de guerra. El micrófono de la cucharilla había sellado sentencia. Gustavo R. no dejaba cabos.

—Voy para allá —dijo.

08:00. Subió a su Seat León, aparcado en la calle Embajadores. El motor rugió y la M-30 se abrió como un cauce de miedo acelerado. Las radios hablaban de "Giro político histórico", de "figuras caídas", ningún titular mencionaba disparos a una técnica de sonido.

Llegó al Clínico San Carlos. Beltrán lo esperaba junto a Urgencias, el cigarrillo temblando.

—Dos balas en el abdomen —explicó—. Estable, en quirófano.

—¿Viste algo?

—Cámara de frutería capta moto negra sin placa. Chaqueta de reparto rápido.

Turner maldijo.

—Meridión emplea mensajería fantasma.

Dentro, olor a yodo y desesperación. Rubén llegó con una bolsa de ropa y ojos enrojecidos.

—Casquillos 9 mm Barnaul —dijo—. Mismo lote que Silvia.

Turner mascó rabia.

Un cirujano apareció: bata verde, voz gastada.

—La paciente está estable, bala rozó hígado. Veremos 48 h.

Rubén suspiró; Turner le apretó el brazo.

—Si respira, pelea con nosotros.

11:30. Turner acompañó a Beltrán a la redacción de *El Correo Central*. Sobre la mesa, un sobre anónimo: *"RETÍRATE. ÚLTIMO AVISO."* Dentro, la foto de Cloe entubada.

Beltrán tragó saliva.

—Salgo en portada o en esquela.

—Haz ruido —ordenó Turner—. Todo hoy: moto negra, Barnaul, catering de Meridión. Si te callas te matan igual.

Beltrán asintió con valentía prestada.

14:15. Turner volvió al Clínico; Cloe estable, aún sedada. En su bolsa de efectos: la cucharilla-micrófono, testigo de metal.

Grabó mensaje de voz al canal que Gustavo espiaba:

G.R., si Cloe muere filtraré contratos de Defensa y las IP de Luxemburgo. Carta sobre la mesa.

16:40. Llamada policial: **Javier Beltrán** hallado muerto en su despacho. Infarto, dijeron. Turner llegó, vio la camilla forense. Entre los dedos del periodista, un dictáfono.

Reprodujo la última pista:

"Si escuchas esto, hazlo público, Alex…"

Los ojos se le nublaron. Colocó la grabadora en el bolsillo interior.

Al salir, el **Opel Corsa gris** que lo había seguido días atrás aguardaba, luces apagadas. Esta vez no huyó. Abrió la puerta trasera.

Dentro, un desconocido apuntó con silenciador.

—Gustavo quiere verte.

Turner respiró hondo, sintió el metal de la Glock bajo la axila y el peso del pendrive azul.

—Llévame —dijo.

El Corsa arrancó rumbo a la M-45. Un amigo menos, la guerra más cerca. Pero llevaba munición informativa y la decisión irrenunciable de que ningún balazo tapara lo que quedaba por contar.

El Opel Corsa gris devoraba los kilómetros de la M-45 con la cadencia de un metrónomo sin alma. Alex Turner iba en el asiento trasero, la Glock oculta bajo el costado, la venda del hombro humedecida de sudor frío. El conductor —barba corta, auricular transparente— no hablaba; el acompañante, un gigante afilado con chaqueta táctica, mantenía la pistola con silenciador apoyada en la rodilla. El silencio era tan denso que podía tallarse.

Turner deslizó la mano al bolsillo y palmeó el Nokia seguro: pantalla negra. Lo había apagado antes de subir, por instinto. Intentó encenderlo sin mover el brazo; nada. Sin batería o bloqueado por inhibidor. El teléfono mudo, y con él cualquier esperanza de envío urgente.

19:05. Pasaron el desvío de Getafe. Turner notó el zumbido leve de interferencia: el clásico chillido agudo de banda ancha. Inhibidor de bolsillo encendido en la guantera: Gustavo R. no quería llamadas inoportunas ni geolocalizaciones. Desconectado del mundo, Turner sólo tenía su voz y la memoria.

—¿A dónde vamos? —preguntó.

El acompañante hizo un gesto con la boca: "calla". El conductor sonrió de medio lado.

—El jefe quiere charlar. Y no le quedan periodistas —dijo.

Turner guardó la réplica. Miró el retrovisor: ningún coche de Guardia Civil. Aguado estaba tras las rejas, Beltrán muerto, Cloe entubada. Rubén… no sabía dónde. El mundo se contraía.

19:22. Tomaron un desvío hacia un polígono industrial a medio construir. Nave abandonada, ventanales rotos, grafitis recientes: territorio ideal para una eliminación discreta. El coche se detuvo. El gigante abrió la puerta y sacó a Turner del brazo.

Dentro de la nave, la luz mortecina teñía las columnas de acero. Mesas plegables, dos portátiles, un generador ruidoso. Y allí estaba **Gustavo R.**: cazadora de cuero, cicatriz en la mejilla, ojos fríos de instructor militar.

—Detective Turner —dijo—. Por fin cara a cara.

—Sin el filtro de tus paramédicos —respondió él.

Gustavo sonrió.

—Las balas son eficientes, pero la conversación puede ser más barata.

Se sentó en una silla de hierro; Turner, obligado, en la opuesta. La Glock le pesaba bajo la costilla, pero dos fusiles de asalto vigilaban desde la puerta.

—Quiero mi pendrive —dijo Gustavo—. El azul. Y la nube cifrada. A cambio, vivirás para escribir tus memorias.

Turner alzó la ceja.

—Cloe sigue viva. Sáenz canta. Alarcón despierta. No puedes tapar todas las bocas.

—Sólo necesito cerrar la tuya. —Gustavo deslizó un móvil satelital sobre la mesa—. Llama y ordena borrar la carpeta.

Después, un vuelo charter te deja en Estambul con cien mil euros.

Turner miró el móvil. Sin señal inhibida. Una línea directa. Recordó a Beltrán pidiendo ruido desde la tumba, a Cloe luchando contra la bala en el hígado.

—El teléfono está mudo —susurró—. Porque lo tuyo no es negociación; es epitafio.

Gustavo golpeó la mesa.

—¿Quieres que empiece con Rubén? —Mostró una foto en la pantalla: el joven esposado, rodilla en tierra, rodeado por dos hombres—. Está a diez minutos de aquí.

El corazón de Turner se contrajo. Respiró hondo.

—Necesitarás algo más que un inhibidor para callar a los muertos —dijo.

Metió la mano en el bolsillo interior, extrajo la grabadora de Beltrán y pulsó play. La sala se llenó con la voz agonizante del periodista:

"...Alex, publica... no me dejes morir en vano."

Los fusiles se tensaron. Gustavo chasqueó los dedos: el gigante arrebató la grabadora y la rompió bajo su bota.

—Ese era mi amigo —murmuró Turner—. Ya no tengo nada que perder.

En ese instante, el generador se apagó. Luces fuera. Oscuridad repentina. Turner se lanzó a un lado, la Glock fuera. Disparos. Chispas. Gritos. El inhibidor del coche cesó: su Nokia vibró con un mensaje entrante:

"GC posicionada, 30 seg. – R."

Rubén había enviado la señal real. El muchacho había visto su propia foto y activado un plan B: triangulación de la BTS móvil satélite, envío a Guardia Civil.

Turner rodó tras un bidón, disparó a la silueta que buscaba encender linterna. Grito seco. Sirenas azules rebotaron contra las paredes de chapa.

Gustavo maldijo, corrió hacia la salida trasera. Turner lo persiguió, hombro punzante. Fuera, polvo y luces azules. El criminal apuntó a Turner; el detective disparó primero. La bala acertó en el muslo de Gustavo; cayó.

Guardias encapuchados entraron, esposaron al gigante, aseguraron la nave.

Rubén apareció desde un coche civil, libre.

—Copié su señal antes de que me esposaran —explicó, jadeando —. Solo necesitaba un inhibidor apagado.

Turner sonrió con el labio roto.

—Buen oído… para teléfonos mudos.

21:30. En el arcén de la autovía, Turner vendado, Rubén a su lado. Cloe seguía estable, Sáenz protegido, Alarcón despierto y dispuesto a declarar. Gustavo y sus hombres de camino a prisión.

El detective al fin revisó el mensaje que había llegado al Nokia: *"Micrófono cortado. Los oídos se quedan solos."* Firmado: **Cloe S.**

Turner cerró el teléfono. Esa noche, el silencio no era enemigo; era alivio. El teléfono mudo había hecho el trabajo: callar al depredador.

Encendió un cigarro, alzó la vista al cielo despejado.

—A veces —dijo—, la mejor llamada es la que nadie puede contestar.

Rubén asintió, mirando la línea infinita del asfalto.

El viento traía olor a tierra mojada y a libertad a medio cocer. Y mientras los coches pasaban como luciérnagas veloces, Turner supo que la decisión de seguir —pese al miedo, pese al dolor— seguía siendo su única brújula válida en la noche madrileña.

El viento de la madrugada se colaba por las rendijas del viejo piso franco de Embajadores, agitando papeles como si quisieran escapar antes de que alguien los quemara. Alex Turner apoyó la espalda vendada contra la pared descascarillada y dejó resbalar el humo del cigarro por la comisura de los labios. El médico de la Guardia Civil le había puesto tres puntos en el hombro y un calmante suave "para evitar adicciones", como si la adicción a seguir con vida necesitara receta.

Rubén dormía en el sofá, exhausto tras la operación que había derribado al cazador. Cloe seguía estable. Alarcón, por primera vez, mostraba reflejo ocular y apretaba la mano de su hijo cuando soñaba con pasillos de hemiciclo. Julián Sáenz dictaba su confesión por videoconferencia a un juez de guardia. Y Gustavo R. amanecía en Soto del Real, preguntándose en cuántas carpetas de metadatos se había anotado su nombre.

Todo parecía al fin inclinarse del lado correcto. Todo excepto el silencio del pasillo: un silencio lleno de ecos de amenazas, un silencio que anticipaba la resaca del estallido. Turner sabía que al cortar una rama enferma no se salva el bosque. Solo se hace visible la silueta de los árboles detrás.

10:00 h. Sala de prensa de la Audiencia Nacional. Beatriz Aguado, esposada, escoltada por dos agentes, cruzaba el pasillo rumbo a la sala de interrogatorios. Entretanto, el portavoz judicial leía un comunicado: *"Se ha desarticulado una red de desvío de fondos públicos con ramificaciones en Defensa, Energía y Fomento. Se informa de la detención de seis altos cargos y de la apertura de diligencias contra personas aún aforadas."*

Turner lo escuchaba por radio, sentado en un banco de granito frente al edificio. Llevaba gafas de sol y la misma camisa ensangrentada Aranda le había devuelto en bolsa hermética. A su lado, Javier Beltrán no estaba; pero su grabadora, ahora envuelta en cinta policial, se había convertido en pieza clave de la instrucción.

Una reportera joven se acercó:

—¿Es usted el detective Turner? ¿Podría comentar su papel en la operación?

Él negó, bajó la visera de la gorra y se marchó. Porque la decisión de seguir incluía no convertir su rostro en icono; los iconos atraían balas. Y él tenía facturas pendientes con la sombra suya que aún paseaba libre por los pasillos del Congreso.

15:40. Café Rosaleda, esquina de la Calle Alcalá. Turner esperaba a un contacto del CNI que juraba tener "nombres de alto voltaje". El camarero, joven y sudoroso, dejó un té de menta y una nota dentro del platillo: *"Última vez que podrás sentarte tranquilo. Vete."* Sin firma.

Turner sonrió. Sacó el Nokia seguro, ahora con SIM nueva. Lo encendió: ningún SMS, ningún aviso. El teléfono parecía de goma: sin sonido y sin tono. Mudo, como la amenaza que flotaba en el aire.

Levantó la vista: tres mesas más allá, una mujer de traje gris hablaba por manos libres. Sobre la mesa, un llavero con la silueta de una torre de petróleo: logo de Enerplus. Cuando clavó los ojos en Turner, ella colgó y salió, dejando la cuenta sin pagar.

Esa era la danza: huellas sutiles que decían *seguimos aquí, respirando.*

Al atardecer, Turner y Rubén visitaron a Cloe. El monitor marcaba ritmos lentos pero obstinados. El detective le depositó la grabadora reparada en la mesita de noche.

—Beltrán quería que su voz ayudara a salvarte —susurró—. Lo está haciendo.

Luego fueron al depósito judicial a formalizar la entrega del dictáfono como prueba. El forense les dijo que el "infarto" de Beltrán incluía restos de beta-bloqueantes en dosis letales. Asesinato limpio.

Firmar aquella acta fue, para Turner, enterrar a un amigo y abrir la tumba de muchos otros. Porque cada línea del informe era una losa que caía sobre la cabeza de Ferrer y de Cuervo, pero también una palanca que podía hacer saltar esquirlas contra él.

Noche cerrada. Turner caminaba hacia su coche cuando sintió pasos en paralelo. No corrió; sacó el móvil mudo y fingió hablar. Un destello metálico: cuchillo. Reaccionó con la pistola; el agresor reculó. La farola mostró un rostro juvenil, ojos asustados.

—Me pagan cincuenta mil —balbuceó el chico—. Solo para herirte, no matarte.

—¿Quién?

—No sé... me llegó por Telegram. Nick: *Silencio14*.

Turner le quitó el arma, lo dejó ir. Observó cómo la silueta se disolvía entre coches. Así operaba ahora la hidra: repartiendo encargos a piezas descartables, hackers, riders, chavales sin futuro que mataban por el equivalente a un alquiler.

De nuevo en el Seat León, Turner revisó la lista de pendientes: entregar copia del pendrive azul a un notario de confianza; avisar al padre Gabriel para que evacuara la iglesia; coordinar con Rubén la custodia de Alarcón una vez despertara. Cada acción era un paso más lejos de la línea de tiro, o más cerca del fogonazo. Era imposible saberlo.

Encendió la radio: tertulia nocturna; hablaban de fútbol. Silvio Rodríguez sonaba al fondo. Subió el volumen. La mano le temblaba sobre la palanca de cambios.

Podía marcharse: tenía pasaporte en regla, efectivo escondido, un contacto en Lisboa que debía un favor. Podía desaparecer hoy y sólo quedarían ecos difusos de un detective quijotesco. Pero entonces recordó la foto de Beltrán siendo embalado en una bolsa negra, la piel translúcida de Cloe, los cuadernos de Fernando con nombres aún sin tachar.

Apagó la radio.

Sacó el dictáfono nuevo —recuerdo profesional— y pulsó REC.

—Diario Turner, 23:58. El sistema perdió piezas, pero no la maquinaria. Decido quedarme. Porque alguien tiene que contar cuántos clavos necesita la verdad para que el ataúd por fin cierre. Así que sigo.

Guardó el aparato, arrancó el motor. El letrero de la M-30 señalaba *A Coruña / Valencia*. Dio igual: eligió la dirección que menos tráfico mostraba. No era huida, era avance. Avance hacia la próxima página, hacia el próximo disparo, hacia la próxima mentira que desmontar.

La decisión de seguir, a pesar del miedo, era su único salvoconducto. Mientras respirara —y respiraba, aunque doliera — seguiría poniendo el pecho. Y quizá, pensó, ese empeño inútil era todo lo que hacía falta para que, algún día, Madrid amaneciera sin olor a pólvora ni a café rehecho.

El coche se mezcló con el tráfico nocturno. Sombras seguían su estela. Él las dejó venir: ya las conocía, y ellas le conocían a él. Era un baile sin fin. Y Turner bailaba.

CAPÍTULO 9: REVELACIONES MORTALES

La madrugada se desparramaba sobre Madrid como un vino rancio cuando el inspector Aranda marcó, por cuarta vez, el número de Alex Turner.

—Dime que es una equivocación, Aranda.

—Ojalá. Tenemos un cadáver masculino flotando junto al embarcadero de la Casa de Campo. Documentación a nombre de **Marcos Peñalver**.

Peñalver, el joven asesor parlamentario que había advertido a Turner con silencios velados al inicio del caso, llevaba semanas "protegido" para declarar. Al parecer, aquella custodia se había disuelto como espuma barata.

—Voy para allá.

—Solo tú, Alex. Apaga el móvil al llegar. La prensa huele la sangre.

05:10 h. Farolas enfermas iluminaban la lámina negra del río. Bajo el puente de Segovia, cinta policial y tres furgones de la científica. La niebla reptaba sobre el agua con la paciencia de un gato viejo. Aranda lo saludó con gesto taciturno.

Peñalver yacía de costado en la barca neumática del forense, piel amoratada, traje juvenil entumecido. La doctora Ortiz retiraba limo de los labios cianóticos.

—Tiempo de inmersión: menos de dos horas —dictaminó—. Ligaduras en muñecas, contusión occipital. "Suicidio asistido", lo llamarán algunos.

Entre los dedos rígidos del asesor apareció un recorte empapado: anuncio clasificado tachado en rojo *"BUSCO COCHE FUNERAL — SIN PREGUNTAS"* y, al dorso, un número manuscrito: **D4**.

La enigmática clave volvía como un boomerang ensangrentado.

—¿Algo más? —preguntó Turner.

—Restos de resina bajo las uñas —respondió Ortiz—. Igual que el sellador de los discos duros de la finca Los Tejos.

Aranda gruñó.

—Se ha filtrado el material de Defensa. Algunos prefieren un chapuzón mortal a un interrogatorio.

07:00 h. El sol asomaba tímido sobre las torres de la Catedral. Turner y Rubén se apoyaban contra la barandilla, café de termo en mano.

—Prometieron protegerlo —murmuró Rubén—. ¿Cómo acaba flotando?

—Protección sin protector: juez se inhibe, comisario se retrasa, traslado fantasma —dijo Turner—. La hidra sigue viva.

—¿Crees que D4 lo mató?

—D4 es la llave. Y Peñalver acaba de iluminarla con neón rojo.

08:15 h. Laboratorio móvil. Un tatuaje-QR en la axila del cadáver dirigía a un PDF en la nube turca: archivo **"TAMARIZ"**. Contraseña: *penalver_vuela94*.

Cloe, desde el hospital, descifró y devolvió: listados de pagos de la Fundación Tamariz (Andorra) a cuentas de altos cargos. Iniciales **S.R., E.F., B.A.** —Aguado con cinco abonos.

«El agua borra sangre, no cifras», texteó Cloe. Turner respondió con pulgar alzado: si Peñalver pagó con su vida, él empujaría el PDF hasta los fiscales vivos.

10:30 h. El cuerpo avanzaba rumbo al Anatómico Forense escoltado por un furgón negro y dos motos zeta. Tras las vallas, una docena de cámaras alzadas como crucifijos buscaban la imagen del día. El sol empezaba a golpear los visores de los cascos y el olor a gasoil se mezclaba con el del río que aún empapaba el traje del difunto.

Aranda, con ojeras de treinta horas, se acercó a Turner:

—Te quieren en la tele: brújula ética.

Detrás del inspector, una redactora de programa matinal ensayaba su entradilla: *«El detective que destapó la trama...»*. Turner la ignoró y se volvió al río.

—Soy un clavo oxidado —gruñó—. Que hablen otros; yo clavaré.

Un cámara intentó enfocarles. Aranda levantó la carpeta de sumarios para tapar el plano.

—¿Dónde estarás esta noche? —insistió el inspector, con voz que mezclaba preocupación y rutina burocrática.

—Siguiendo la hidra —respondió Turner, hundiendo las manos en los bolsillos—. Su rastro huele a formol y a sobres cerrados. Y, Aranda, si mañana sacan otro cuerpo del agua, prométeme que me llamarás antes de la cuarta vez.

Aranda asintió sin humor. Entre los dos se instaló un silencio lleno de certezas: el muerto no sería el último, y las cámaras no dejarían de buscar titulares mientras los verdaderos titulares se escribían con sangre lejos de los focos.

Turner miró el río por última vez. Recordó a Cobo, Silvia, Beltrán. El Manzanares archivaba nombres con la indiferencia del agua.

Grabó:

—Diario Turner, 11:02. Marcos Peñalver, ahogado con ligaduras. Firma de Meridión. Archivo TAMARIZ vincula a Aguado. Siguiente: blindar URL y encontrar D4.

Guardó la grabadora y arrancó su Seat León. El río fluía; él también, hacia la próxima huella del poder.

El eco de los claxonazos de mediodía se filtraba por la ventana entreabierta del despacho de Alex Turner en Chamberí. Las paredes olían a café requemado y pólvora pretérita. Sobre la mesa, impresos del archivo **TAMARIZ**: cuadros de cuentas, setas de números que brotaban en Andorra y florecían en fondos reservados. Nada que un ciudadano pueda encontrar en el BOE, pero sí huellas que el poder dejaba sin querer, como lama en mármol.

Turner marcó el número directo del inspector Aranda.

—¿Algún avance pericial sobre Peñalver?

—Contusiones previas al ahogamiento —respondió Aranda—. Y trozos de pintura industrial en la suela: gris Ministerial 7012. Coincide con los garajes del Senado.

Turner anotó en la libreta: *Mueren en el agua, se manchan en los despachos.*

13:00 h. Rubén pasó a buscarlo en moto. Rumbo a la **Dirección General de Energía Renovable**, donde Elena Ferrer seguía firmando expedientes como si los ríos no escupieran cadáveres.

El vestíbulo era un océano de mármol pulido, maridado con cuadros abstractos que costaban la beca de un químico. Recepcionista sonriente, detector de metales, vigilantes con pinganillos transparentes. Turner dejó que registraran la mochila. Dentro solo llevaba un cuaderno, la grabadora y una copia física del PDF TAMARIZ sellada en sobre kraft.

—Cita con la directora —anunció—. Turner, consulta técnica.

El vigilante comprobó la agenda: la cita existía. Ferrer no había cancelado; la altivez a veces devora la cautela.

El ascensor absorbió el parpadeo de los fluorescentes. Piso 9. Dos puertas dobles. Un secretario tiró de sonrisa prefabricada.

—La directora los recibirá cuando acabe la llamada.

Veinte minutos de espera en butaca de polipiel. Por la puerta acristalada desfilaban burócratas con maletines que chasqueaban como dientes ocultos. Rubén susurró:

—Huelen a miedo, pero llevan traje caro.

Turner lo silenció con gesto. Una cámara domo giraba sobre sus cabezas.

Al fin, no Ferrer sino su abogado defensor, **Leandro Nogales**, apareció. Corbata amarilla con diapasón bordado; sonrisa que no tocaba los ojos.

—La directora lamenta no poderles dedicar tiempo —entonó—. Está preparando su comparecencia ante la comisión.

Entregó a Turner una carpeta rotulada *"Cooperación plena"*. Dentro, fotocopias irrelevantes: manuales ISO, certificaciones verdes, la nada envuelta en celofán burocrático.

Turner le ofreció el sobre kraft.

—Aquí hay algo más interesante. Pagos de la Fundación Tamariz que afectan a su clienta. Dese prisa: la prensa también lo tiene.

Nogales palideció una décima de segundo. Recompuso el nudo de la corbata.

—Si es tan amable de adelantarme el contenido…

—Lea. Yo espero.

Nogales abrió el sobre, deslizó una hoja… y la puerta del fondo se entreabrió. Ferrer asomó la cabeza: traje marfil, labios del color de una vida sin remordimientos.

—¿Problema? —preguntó.

—Ninguno —dijo Turner—. Solo venía a dejar huellas.

Ella lo miró como quien evalúa un chicle pegado al zapato. Luego desapareció tras la puerta.

Nogales cerró el sobre.

—Necesitaremos tiempo para contrastar.

—No lo tienen —aseguró Turner—. Próxima maréa judicial sube a medianoche. Ya sabe cómo ahogan los ríos.

Dejó la sala con Rubén pisándole los talones.

En el pasillo, un guardaespaldas con pinganillo bloqueó el paso. Metro noventa, cuello que podía ser un derrumbe.

—La directora solicita la devolución de los documentos.

Turner sonrió.

—Están digitalizados. Y ya viajan por la nube.

El hombretón tocó el auricular, asintió y se hizo a un lado. Turner notó que su chaqueta ocultaba un bulto: no era pistola, era dictáfono. Grababan la charla "para seguridad". Las huellas del poder se recogían incluso cuando creían intimidar.

18:00 h. Turner citó a Aranda en el parking subterráneo del Senado. El inspector consiguió acceso con orden judicial sellada por el juez Garay. Ante un pilar, un Audi A8 oficial presentaba un arañazo color gris 7012. Poca cosa, salvo porque en la llanta encontraron limo y fibras de cuerda.

—Asesinato sale del garaje, pasa por el río, vuelve al despacho —resumió Turner—. Circuito cerrado de impunidad.

Aranda gruñó.

—De momento.

Recogieron muestras. Mientras tanto, Ferrer comparecía en

televisión jurando "colaborar sin reservas". La pantalla del móvil mostraba su declaración: detrás de ella, Nogales asentía con corbata amarilla.

—¿Ves la mancha en su chaqueta? —señaló Rubén—. Parece humedad.

Turner apretó las muelas.

—Y huele a río.

Noche cerrada. Turner compiló un documento: *"Huella del poder – versión 1"*. Puntos:

1. Traje gris resina 7012.
2. QR tatuado: TAMARIZ.
3. Pagos a Ferrer, Aguado, Ramis.
4. Garaje Senado: limo y fibras.
5. Guardaespaldas con dictáfono.
6. D4 pendiente.
7. Fundación en Andorra.
8. Coartada de traslado fantasma.
9. Asesor ahogado.
10. Hidra aún viva.

Guardó en su nube, copió en USB y lanzó cron job: si no actualiza 48 h, envío automático a cinco redacciones.

Apagó el portátil. Rubén dormía en el sofá; Cloe enviaba mensajes desde su cama de hospital: *«Calidad de sueño 2/10, pero viva»*. Turner respondió con un emoji de gato.

Se acercó a la ventana. La Gran Vía hervía de taxis, turistas, teléfonos que no dejarían huella física, pero sí digital. El detective exhaló el humo y pensó que los culpables tenían guardaespaldas y despachos, pero también grietas: vanidad, impaciencia, la manía de pisar la misma alfombra.

—Mañana veremos quién resbala —murmuró.

Grabadora en mano, añadió:

—Diario Turner, 23:50. La huella del poder conduce a despachos enmoquetados. Yo conduzco tras ella. Y no llevo alfombra que amortigüe el ruido de mis pasos.

Guardó el dispositivo. La luz de la calle se reflejaba en la venda de su hombro y recordaba cada tramo del camino: uno de sangre, limo y resina, hasta la página final donde la huella no pueda borrarse ni con toda el agua del Manzanares.

La mañana amaneció con un cielo de zinc que amenazaba tormenta sobre la Gran Vía. Alex Turner caminaba a contracorriente del gentío, la gabardina abotonada hasta el cuello, la venda del hombro oculta bajo la tela áspera. Había pasado la noche revisando el dossier "Huella del poder – versión 1", puliendo fechas, cruzando IBAN y afinando los bordes de la espada que pensaba blandir. Porque eso era ya la información: un arma que cortaba o se volvía contra su dueño.

Al cruzar Callao, un grupo de turistas fotografiaba el techo de la Casa del Libro ajenos al seísmo político. Turner envidió esa ignorancia momentánea. Luego recordó a Beltrán, a Silvia, a Peñalver flotando; la ignorancia es cara en Madrid.

10:15 h. **Sala de redacción de *El Observador Libre*.** Jordi Medrano aguardaba con café hirviendo y ojeras de periodista que duerme poco y sueña menos.

—Tenemos cinco horas hasta cierre —dijo—. ¿Qué traes?

Turner dejó caer la carpeta en la mesa: 72 páginas de nombres, transferencias y correos restaurados.

—Todo verificado. Y un tiempo de vida corto si nadie lo publica ya.

Medrano abrió la primera página. Sus pupilas se dilataron.

—Esto es dinamita. —Se giró hacia la mesa de edición—. Teresa, bloquea portada.

Turner apoyó las manos en el respaldo de la silla.

—Publicadlo íntegro, con anexos. No quiero resúmenes domesticados.

Medrano asintió, pero el sudor perlaba su frente. Dinamita quema. Turner lo sabía.

Al fondo, un becario apuntaba con el móvil, quizá para redes sociales. Turner levantó la mano.

—Nada de fotos. No seré la diana fácil.

El chico bajó el móvil.

13:00 h. La maqueta final mostraba un titular negro sobre rojo: **"TAMARIZ: Cuentas secretas y guerra de contratos"**. Primera plana digital liberada a las 15 h; edición impresa a rotativa.

Medrano firmaba junto a la leyenda *"con documentación inédita facilitada por el detective Alex Turner"*.

Turner observó el PDF: cada gráfico era una bala; cada pie de foto, una onda expansiva. Recordó una máxima subrayada en un viejo cuaderno: *«La palabra es un arma de doble filo; al nombrar crea enemigos»*.

El teléfono fijo sonó. Medrano lo tomó, escuchó diez segundos, colgó pálido.

—Llamada anónima. Amenaza de bomba en la planta.

Los periodistas se miraron. Turner se adelantó.

—Procedimiento. Copias a la nube y evacuación ordenada. Si la bomba existe, la información ya viaja.

—¿Y tú?

—Me quedo hasta comprobar que es un farol.

Sirenas se oían a lo lejos. Turner imprimió tres ejemplares del

PDF, los metió en sobres y se los entregó a dos becarios y a Medrano.

—Si explota, distribuidlos. Correo certificado, cinco redacciones, cinco ONG.

Salieron. Turner y Medrano quedaron junto al ascensor. Cinco minutos, ningún estallido.

Policía revisó, declaró falsa alarma. El arma de la información había disparado el primer fogonazo; el ruido era su onda de choque.

16:20 h. Publicación online. En veinte minutos, servidor saturado. Bots enviados por granjas de clics lanzaban DDoS. Cloe avisó desde la cama de hospital:

"Estoy parcheando firewall. Aguanta."

Turner sonrió ante el celular. En *El Observador* el zumbido era de colmena angrienta. Medrano gritaba comandos de portada alternativa, redireccionamientos de subdominios, espejos en Islandia.

Trending topic: #TamarizLeaks.

Tres cuentas anónimas comenzaron a difundir "documentos falsos" para confundir. Turner identificó logos modificados y fechas cambiadas.

—Desinformación 101 —murmuró—. Mezclar el oro con cieno.

Se subió a la mesa, alzó la voz:

—Escuchad: publicad el checksum de cada PDF y firmad con PGP. Aclaremos qué es auténtico.

La redacción respondió con tecleos frenéticos. El arma de la información seguía disparando, pero el enemigo recurría a humo y espejos.

18:45 h. Turner se coló por la entrada lateral del Congreso, acreditación de consultor freelance. La comisión extraordinaria sobre Cálamo comenzaba. En el pasillo, televisiones mostraban gráficos de TamarizLeaks. Diputados cuchicheaban.

Se acercó a **Sergio Ramis**, esposado, custodiado, camino a la sala. El político alzó la vista.

—Te creí muerto —dijo con voz ronca.

—La información también mata —replicó Turner.

Ramis sonrió con los labios, no con los ojos.

—Mata al mensajero primero. Recuerda Troya.

Lo arrastraron. Turner sintió un escalofrío. El poder tenía garras largas, pero la sangre corría visible por primera vez.

20:30 h. De vuelta en el Seat León, radio encendida: tertulias sobre Tamariz. Expertos discutían autenticidad, portavoces negaban, analistas especulaban. Turner apoyó la cabeza en el volante.

El arma de la información había disparado. Ahora, la bala viajaba por la opinión pública: latencia entre el fogonazo y el impacto.

Recibió SMS de Aranda: *«Garaje Senado, orden de registro aprobada. 06:00 AM.»* Contestó: *«Allí.»*

Último check al cron job: si no se conectaba en 48 h, más PDFs irían a diez redacciones y al buzón de un juez federal en Bruselas.

Sacó la grabadora.

—Diario Turner, 21:00. Informar es disparar. TamarizLeaks ha salido. Los poderosos intentan estrellar la bala contra la niebla. Pero la niebla se disipa cuando llega la sangre. Mañana, 06:00, nuevo registro. Sigo.

Guardó el dispositivo. Observó las luces de Madrid: cada farola, una gota de indulto; cada sombra, una venganza pendiente.

Encendió el motor. La noche era un tablero de ajedrez donde él sólo movía peones. Pero hoy, por un instante, el rey blanco temblaba.

Giró por la Castellana. El arma de la información había hecho diana; quedaba por ver cuántos seguirían respirando cuando el silencio ya no pudiera tapar los agujeros.

La medianoche se disolvió en un gris ceniza cuando Alex Turner cerró su portátil por última vez antes del registro. Eran las 02:47 h y el cron job dormitaba en la nube, listo para disparar si él fallaba. Rubén dormía atravesado en el sofá con la chaqueta de moto por manta. El silbido suave del respirador de Cloe llegaba desde el altavoz del móvil: un monitor remoto improvisado para vigilarla desde el hospital.

Turner apagó las luces y se quedó mirando por la ventana el patio interior: seis pisos de persianas bajadas, una televisión parpadeante, un gato cazando sombras. Cuando apagó el cigarro, decidió que dos horas de sueño serían milagro. Se tumbó en la colchoneta, Glock bajo la almohada, pero el insomnio le recordó cada cara caída por el camino.

A las 04:58 sonó la alarma de vibración. Se levantó con reflejos herrumbrosos, dio una ducha fría, se vendó el hombro con cinta kinesiológica y despertó a Rubén. El chico abrió los ojos, confuso.

—Hora —dijo Turner.

05:40 h. Aparcó el Seat León frente a la verja norte del Senado. El inspector Aranda ya estaba allí con dos unidades de la Policía Judicial y un fiscal sustituto —el titular dormía bajo escolta desde TamarizLeaks. El cielo clareaba en un azul pálido que prometía lluvia.

—Todo listo —murmuró Aranda—. Orden de registro en garaje y despachos anexos. Ferrer viene a "colaborar".

Turner asentía mientras revisaba el perímetro: dos furgones de antidisturbios a veinte metros, prensa bloqueada en la plaza, un café ambulante que olía a robusta quemado. Sacó la libreta y repasó el decálogo: el Audi gris 7012, limo en la llanta, fibras, pasarela al ascensor privado, sistema de cámaras enlazado a un NAS que nadie auditaba.

A las 05:59, los cerrojos cedieron y la comitiva descendió la rampa espiral. El hormigón devolvía el eco de los pasos y el olor a aceite viejo. Localizaron el Audi, sellaron la escena y empezaron a muestrear.

—Aquí hay barro fresco —indicó el técnico—. Coincide con la ribera del Manzanares.

Turner fotografiaba, rubricaba bolsas de evidencia. Ferrer bajó a las 06:20, escoltada por Nogales. Traje negro, labios rojos, corbata amarilla. Saludó con la arrogancia de quien aún cree que la tormenta es decorado.

—¿Puedo ayudar? —balbuceó.

Turner mostró una foto de la llanta.

—Reconoce este limo.

Ella arrugó la nariz.

—No soy geóloga.

Turner sonrió. Aranda interrumpió para anunciar que el ascensor privado llevaba a un cuarto de seguridad donde los guardias "almacenaban herramientas". Turner siguió al inspector; Ferrer dudó, pero Nogales la empujó con cortesía.

El cuarto estaba forrado de taquillas grises. Dentro, esposas, porras, chalecos... y una bolsa estanca con logotipo sanitario. Turner la abrió: cuerda náutica húmeda y una etiqueta de ambulancia.

Ferrer palideció.

—Desconocía... —susurró.

Nogales la fulminó con la mirada.

Turner dejó que el silencio se colgara del techo.

07:10 h. Rubén, que ayudaba a los peritos con fotos, encontró una grieta detrás del cuadro eléctrico. Dentro, un sobre kraft con la palabra **"D4"**. Turner cortó la solapa: un pendrive rojo y una nota manuscrita *"Si lees esto, ya es demasiado tarde"*.

El fiscal quiso decomisarlo. Turner protestó:

—Cadena de custodia la empecé yo.

El abogado Nogales intervino:

—Sin autorización superior, el material es nulo de pleno derecho.

Aranda puso calma. Decidieron crear copia rápida en un laptop aislado. Mientras tanto, Turner insertó el USB. Una carpeta: **/D4/TRANSFERENCIA**. Dentro, un vídeo: Ferrer y Ramis en un despacho, firmando papeles con encabezado Ministerio de Defensa. Se oyen cifras, códigos de misil, porcentajes de comisión.

Nogales se puso blanco. Ferrer susurró:

—Eso está manipulado.

Turner recordó que "manipulado" era la primera excusa de todos. Guardó hash SHA-256 y creó duplicado.

—Ya no depende de nosotros —dijo.

08:00 h. Aranda se excusó para atender una llamada. Turner continuó etiquetando muestras. De pronto, el inspector regresó con el móvil en mano.

—Cambio de planes. Orden de traslado. El juez Garay ha revocado el registro: exceso de competencia.

—¿¡Cómo!? —saltó el fiscal.

Aranda mostró el mensaje oficial.

Turner sintió el estómago hundirse. Revocación a medio registro. Los coches grises del Senado volvían a rugir.

—Tenemos que sellar la escena hasta que...

Pero las luces se apagaron. Generador fuera. Puertas cortafuego comenzaron a cerrarse. Un guardia gritó que el sistema había detectado "incendio". El polvo de extinción empezó a flotar como niebla interna.

Turner tiró de Rubén hacia la salida lateral.

—¡Arriba, ahora!

Subieron dos niveles mientras las compuertas de acero descendían. La cabeza le martilleaba: revocación, corte de luz... traición. ¿Quién activó? Aranda "recibió" el mensaje. O tal vez lo envió.

Al llegar a la planta principal, los periodistas se agolpaban tras vallas. Ferrer, liberada del pasillo, daba declaraciones improvisadas: "Colaboraré", "Confío en la justicia". Nogales a su lado.

Turner buscó a Aranda. El inspector hablaba con dos hombres de traje oscuro; no llevaba la carpeta con la evidencia. Se la había cedido a un asistente de corbata amarilla.

La traición era nítida.

—Rubén, graba —ordenó.

El chico alzó el móvil; captó a Nogales entregando la carpeta al asesor jurídico del partido. Turner corrió, pero seguridad le cortó el paso.

—Ha terminado el registro, señor Turner —dijo un jefe de protocolo.

—Falta inventario, cadena de custodia, todo —replicó él.

—Orden judicial —respondió el hombre.

Rubén grabó la confrontación, los rostros tensos. Turner sintió la bala invisible atravesar su moral.

09:20 h. Aparcados en un callejón detrás de Cibeles, Turner

revisaba el vídeo de Rubén. Primer plano de la carpeta, foco en la corbata amarilla, número del despacho estampado en el dorso.

—Al menos tenemos prueba visual de la sustracción —dijo Rubén.

Turner exhaló.

—No vale en juicio sin contexto. Pero vale para la prensa.

Marcó a Medrano. Ocupado. Cloe enviaba mensaje: *"Servidor de El Observador aguantó la noche. Pero ISP detecta intento legal de bloqueo."*

Turner golpeó el volante.

—Vienen por todos los frentes.

Rubén señaló el pendrive rojo.

—¿Qué hay dentro además del vídeo?

Enchufaron al portátil: tres subcarpetas cifradas. Contraseña pedida. Turner probó *"cuervo_vuela94"*; sin éxito. Probó *"penalver_vuela94"*; acceso.

Adentro: correspondencia interna del Consejo de ministros, powerpoints de Defensa con marcas de agua, contratos visados por el Rey. Demasiado grande para un solo medio.

—Esto vale para Bruselas —murmuró Turner.

11:00h. Se citaron con Medrano en un aparcamiento subterráneo de Lavapiés. El periodista llegó en scooter, casco integral.

—Bloquearon la web con requerimiento judicial —dijo—. Pero monté espejo en Tor.

Turner le entregó el pendrive rojo.

—D4. Bloquéalo con doble encriptación. Y sube un teaser: "Gobierno detuvo registro para ocultar prueba audiovisual". Usa el vídeo de Rubén.

Medrano asintió.

—¿Y Aranda?

—Jugó para otro bando. O lo apretaron. Un traidor inesperado.

Rubén se aferró a la mochila.

—Si Aranda cayó, ¿quién queda?

Turner encendió la grabadora.

—Diario Turner, 11:32. Registro abortado. Fiscal, juez, policía: pieza comunicación rota. Traición interna. D4 localizado, contenido sensible. Próximo paso: Europa. La guerra ya no es local.

Cerró la grabadora.

—La hidra cambió de piel —dijo—. Nos toca llevar la espada al siguiente nivel.

Medrano sonrió, sudor y adrenalina.

—Los pulpos mueren si se quitan de agua. Europa es aire para ellos.

Turner guardó la Glock.

—Entonces a secar al pulpo.

Salieron del aparcamiento hacia la luz del mediodía, cada uno con un pendrive en el bolsillo y una sombra más alargada que antes. La traición inesperada había sesgado la línea entre aliados y enemigos. Y, desde ahora, Turner contaría solo con la certeza de que, para derribar a la hidra, tendría que cortar cabezas fuera de la charca madrileña.

El arma de la información pesaba, pero dañaba. Solo quedaba blandirla antes de que la traición mordiera de nuevo.

El cielo de Madrid amaneció color plomo líquido, como si la ciudad hubiera decidido congraciarse con la tinta de los escándalos. Alex Turner condujo su Seat León por la A-6 rumbo a

Barajas, el pendrive rojo oculto dentro del botiquín de primeros auxilios. Rubén lo acompañaba en silencio, los ojos inquietos en el retrovisor.

—Última oportunidad para echarte atrás —dijo Turner, rompiendo el silencio.

—Los trenes que importan se toman en marcha —replicó el muchacho.

Turner asintió. El plan era sencillo y suicida a partes iguales: entregar copia de D4 a un contacto en la Oficina Antifraude Europea que había trabajado con Beltrán años atrás. Si la justicia doméstica se clausuraba, la europea abriría las compuertas.

07:45 h. Aparcamiento P-4 de Barajas. Turner y Rubén caminaron entre taxis hígado y autobuses de aeropuerto. El contacto —nombre clave *Lisboa*—los esperaba en la zona de llegadas T-2, balcón de cristal frente a un Duty Free. Cabello rubio, gabardina beige, maletín Slim.

—Buenos días —saludó con acento francés—. Llego de Bruselas en tránsito. ¿Lo traes?

Turner deslizó el pendrive entre las páginas de una novela de bolsillo. *Lisboa* lo ojeó como si buscara horario de trenes.

—En una hora estaré fuera del espacio aéreo español —dijo—. Si algo sale mal, difundiré a través de la Fiscalía Europea.

Rubén exhaló.

—No se demoren en la terminal —añadió la mujer—. Hay órdenes de control glosadas como "amenaza periodística".

Turner asintió. Uno de los televisores cercanos mostraba imágenes de Ferrer negándolo todo ante los medios. Encima, un rótulo: **"Filtración fraudulenta, afirma Defensa"**.

La mujer se despidió. Turner y Rubén regresaron al León. El asfalto vibraba de motores, pero algo en el aire anunciaba relámpago.

09:10h. A la altura de Las Rozas, un BMW negro se pegó al paragolpes. Turner aumentó velocidad. El BMW hizo lo mismo, luego se colocó a la izquierda; un segundo BMW apareció detrás.

—¿Prensa? —preguntó Rubén.

—No llevan antenas —respondió Turner.

El primer coche trató de cerrarles el paso. Turner frenó bruscamente, giró al carril de servicio. El neumático trasero explotó: tirabuzón de clavos. El León derrapó, chocó contra el quitamiedos. Airbags. Mareo metálico.

Rubén gritó: entreveró un "sal" con un ¡cuidado!

Tres hombres bajaron de los BMW. Guantes negros, pasamontañas, subfusiles compactos. No sicarios de saldo: profesionales.

—Pendrive o disparo —gritó uno.

Turner sangraba de la nariz. Pensó en *Lisboa* cruzando el control de pasaportes. El verdadero pendrive ya volaba. Pero los hombres no lo sabían.

Bajó con las manos alzadas. Sacó del bolsillo un USB azul —copia vacía— y lo arrojó al asfalto.

—Todo vuestro.

Uno de los hombres corrió a recogerlo. El líder levantó el subfusil, apuntó a la cabeza de Turner. En ese instante, un chirrido de sirena: un coche patrulla de la Guardia Civil que rondaba casual. Los hombres entraron al BMW y huyeron.

Rubén ayudó a Turner a caer al arcén. El agente de tráfico se acercó.

—Pinchazo, ¿verdad? —preguntó sin ver la sangre.

Turner sonrió.

—Historia de mi vida.

11:00 h. Despacho improvisado de Cloe en el hospital. Turner, con tabique nasal rectificado y venda nueva, se sentó frente al portátil. Cloe parpadeaba pálida, pero despierta.

—He visto la matrícula parcial del BMW —dijo—. Ya la busco en tráfico y cámaras.

—Gracias —susurró Turner—. Pero lo importante es si *Lisboa* llegó.

Cloe abrió un chat encriptado. Un mensaje: *"Paquete entregado. Salgo en vuelo LX783. ETA 14:05 ZRH."*

Turner cerró los ojos un instante; escuchó el rugido del abismo y supo que el eco aún no se lo tragaba.

14:20 h. Piso franco. Rubén dormía por fin. Turner grabó:

Diario Turner, 14:27. D4 fuera de España. Intento de neutralización en la A-6. Quien ordenó la emboscada tiene acceso a BMW blindados y armas de calibre policial. Demasiado alto para ser simple rearme de Meridión. Sospecho mando dentro del Ministerio.

Guardó la grabadora. Se sirvió whisky barato. El dolor de la nariz rota marcaba cada respiración.

La televisión mostraba a un tertuliano afirmando que TamarizLeaks era "guerra sucia de lobbies extranjeros". Turner rió, un sonido hueco.

Comprobó el cron job: vivo. Copias íntegras en nube suiza y noruega. Pero si el enemigo ya disparaba en autopista, pronto lo haría en salón.

20:00 h. Azotea de un edificio de Gran Vía. Turner apoyó los antebrazos en la barandilla, la brisa nocturna jugando con el esparadrapo de su nariz.

El tráfico dibujaba venas de luz roja y blanca; la ciudad latía, inconsciente del precipicio. Sintió el vértigo: la justicia local podrida, la europea aún incierta, sus amigos vivos de milagro, sus enemigos invisibles.

El abismo no era la muerte; era la duda: ¿y si todo esfuerzo no bastaba? ¿Y si la hidra renacía en otro ministerio, en otro banco, en Bruselas misma?

Respiró hondo. Sacó la grabadora una vez más.

—Diario Turner, 20:05. Estoy en el borde. Al otro lado, la impunidad globalizada. Mi única cuerda son los cables de internet. Seguiré. Porque alguien debe mirar al abismo y no parpadear primero.

Guardó el aparato. Se giró hacia la puerta de acceso. Rubén emergía con dos cafés y un vendaje fresco en la frente.

—¿Preparado para un nuevo día? —preguntó el chico.

Turner tomó el café.

—El abismo desayuna pronto —dijo—. Y yo no quiero llegar con hambre.

Bebieron en silencio. Las luces de la ciudad titilaban como mirones expectantes. Turner sintió el peso del arma en la sobaquera y el más liviano —pero más letal— de los gigabytes cifrados flotando por Europa.

El juego continuaba y la cuerda crujía. Pero, por primera vez, algo del otro lado también titubeaba.

Y eso bastaba para que Turner siguiera respirando.

CAPÍTULO 10: CARRERA CONTRA EL TIEMPO

El reloj marcaba 06:12 cuando el teléfono satelital vibró con la fuerza de un disparo contenido. Alex Turner abrió un ojo; el otro se negaba a abandonar la costra de sueño pegada a la venda de su tabique nasal roto. El mensaje, cifrado con la clave de **Lisboa**, decía solo: *«Tic-tac. Bruselas exige paquete completo antes de 06:00 UTC+1, viernes. Después, blindaje político.»* Hoy era miércoles. Quedaban **48 horas** para que la verdad encontrase refugio jurídico fuera de España. O para que el sistema la tapiase con hormigón y olvido.

Turner se incorporó en el colchón hinchable del piso franco. El hombro latía como un tambor flamenco, recordándole cada curva del BMW que casi los aplastó. Rubén dormitaba hecho ovillo en la colchoneta vecina, uno de los cascos de moto bajo el brazo como osito de peluche. En la cocina portátil, el hervidor eléctrico lanzó un pitido: Cloe, vía conexión remota, había programado la cafetera con un script. «Autocafeína para detectives zombi», había titulado el archivo.

07:13 h. Correo entrante de **Lisboa** con itinerario cifrado: vuelo a Zúrich confirmado, tren a Estrasburgo, furgón diplomático hasta Luxemburgo. Turner imprimió el PDF y lo quemó en un cenicero de hojalata. Las rutas podían mutar si alguien las olía.

Encendió la radio de onda corta. Ruido blanco, luego un pitido triple: señal convenida con la periodista suiza **Claudine Gerber**. Ella era el nuevo eslabón; si la hidra cortaba su tramo del puente, Claudine debía saltar la frontera con otro pendrive gemelo. Turner respondió con doble pitido: vivo, operativo.

Rubén despertó, olió el café y frunció el ceño.

—¿Cuánto tenemos?

—Cuarenta y ocho horas —dijo Turner—. Cada minuto es bala cargada. Y la recámara gira.

Rubén se puso en pie. Agarró la chaqueta de moto.

—¿Plan?

—Dividir el riesgo. Yo viajo con Claudine hasta Estrasburgo. Tú custodias a Fernando en Madrid. Cloe orquesta desde el hospital. Si me caigo, pulsáis el cron job París.

El joven dudó.

—¿Y Gustavo? ¿Y Aranda?

—Aranda está fuera—o dentro del enemigo, ya no importa. Gustavo chupará barro tras los barrotes, pero su red sigue. La hidra aún muerde.

08:25 h. Hospital Clínico, planta de cirugía. Fernando Alarcón, aún convaleciente pero consciente, apretó la mano de Rubén. Los ojos inyectados suplicaban sin voz. Turner se inclinó.

—Viajo a sellar tu verdad. Volveré.

Alarcón escribió sobre una tablilla: «*No olvides cuadernos verdes*».

Turner asintió. Esos cuadernos, guardados en la taquilla 143 de *El Correo Central*, contenían los apuntes originales —fechas manuscritas, firmas, montos— que ligaban Tamariz con Defensa desde 2011. Serían la póliza si Europa exigía fuente primaria.

Una enfermera se acercó demasiado curiosa. Turner le clavó los ojos; ella se retiró. Bajo la bata blanca asomaba la punta de un auricular transparente. El hospital ya no era zona segura.

Cloe, en su cama del ala opuesta, envió mensaje: «*Tráfico en mi router hospitalario. IP senate.gov.es. Monitorizan Wi-Fi.*» Turner respondió con emoji de bomba de relojería.

09:40 h. Sótano del *Correo Central*. Turner abrió la taquilla 143: cuatro cuadernos verdes ajados, olor a humedad y tinta vieja. Los metió en una bolsa estanca, luego en el falso fondo de su maleta de cabina. Pegó encima un cartel de *FRAGILE–ELECTRONIC EQUIPMENT*.

Al salir, recibió notificación: tarjeta de crédito rechazada en estación de servicio de Guadalajara. Alguien clonaba sus números para rastrear. Envió a Cloe el BIN del fraude. Ella contestó: «*IPs mexicanas y rumana. Tapadera barata. Borro rastro.*»

10:15 h. Café del Aeropuerto, T-4. Turner observaba la pantalla de salidas: su vuelo a Zúrich demoraba diez minutos. «Recalibración de pasarela», decía el aviso. Suficiente para plantar una bomba o para cambiar pasajeros.

Abrió el portátil con VPN suiza. Mensaje anónimo: «*Cancela vuelo LX783. Tu asiento es la bala.*» Adjuntaba foto de su tarjeta de embarque con un punto rojo sobre el número 22A.

Turner cerró el portátil. Buscó a Rubén en la cafetería de empleados, disimulada detrás de una librería. El chico le pasó un sobre: pasaporte diplomático a nombre de *Andrés Cortés*, agregado cultural, destino final Ginebra vía Toulouse en avión militar de la fuerza aérea francesa que despegaba a las 12:00.

—*Lisboa* lo gestionó desde Bruselas —susurró Rubén—. Un salvoconducto urgente avalado por un eurodiputado que no confía en la justicia española.

Turner apretó el sobre. La hidra disparaba, pero las alianzas vivas seguían moviéndose en la sombra.

11:07 h. Pista auxiliar de Torrejón de Ardoz. El Hércules C-130 resoplaba al sol. Turner subió la rampa, maleta apretada. Dentro, Claudine lo saludó con un leve asentir. Dos oficiales franceses sellaron la compuerta.

Mientras el avión rugía, Turner encendió la grabadora:

—Diario Turner, 11:15. Iniciamos última carrera contra el tiempo. Pendrive y cuadernos viajan a Estrasburgo. Fernando protegido en Madrid, pero cerco hospitalario. Si fallo, cron job París + espejo IKEA. Cada minuto bala cargada. No parpadeo.

Miró por el ojo de buey: la pista se alejaba, y con ella la certeza de volver entero. El abismo lo llamaba con el zumbido de las hélices.

Claudine se inclinó:

—¿Primera vez en el vacío?

—Vivo en él —respondió Turner.

La aeronave se alzó sobre el polvo castellano. Quedaban 46 horas, 45 minutos y 30 segundos.

Allá abajo, Madrid se encogía, pero la sombra de la hidra se alargaba hasta rozar el fuselaje. Turner cerró los ojos un latido. Cuando los abrió, supo que ya no tocaba suelo español: estaba en el aire, en la cuerda, en el abismo.

Y volaba armado solo con gigabytes de verdad y la determinación de no caer primero.

El Hércules C-130 había cruzado la frontera francesa veinte minutos antes cuando el terminal satelital de Alex Turner emitió un zumbido agudo, distinto a cualquier notificación habitual. El detective abrió un ojo: la bodega de carga se balanceaba con el rugido constante de los motores, Claudine Gerber tecleaba en su portátil bajo luz tenue y dos paracaidistas de la armée de l'air dormitaban encogidos sobre cajas de suministros médicos. Turner deslizó el dedo sobre la pantalla: **"Mensaje 1/1 – canal oscuro "Benu"**. El alias le sonaba: era el apodo que Silvia Montal usaba para comunicaciones de alto riesgo, replicado ahora por alguien con acceso a sus viejas claves.

DE: benu@riseup.net
PARA: a.turner@vaultmail.pro
ASUNTO: Re: Última revisión
HORA: 05:42 UTC
CUERPO (cifrado): *«Si crees que tu paquete va seguro, revisa el remite. D4 duplica, pero no cierra. Busca **probatioX9** en bandeja Z. —S»*

Turner leyó tres veces. Lo inquietaba aquella última "—S". ¿Silvia? ¿Una suplantación? ¿O tal vez **Sáenz**, que firmaba a veces solo con inicial? «Bandeja Z» sonaba a jerga interna de correo físico, no digital. Podía referirse al *Depósito Z* del Ministerio de Fomento: el archivo muerto donde internaban expedientes antes de triturarlos. O bien a la **Bandeja Z** de Proton, el buzón de spam cifrado que Silvia usaba para esconder borradores.

Tenía cuarenta y cinco horas hasta el cierre Bruselas, pero la frase «D4 duplica, pero no cierra» sugería que el pendrive rojo no era la última llave. Si la Oficina Antifraude recibía un paquete incompleto, la hidra obtendría su blindaje.

09:12 h. La aeronave tomó tierra en la base aérea de Entzheim bajo lluvia fina. Claudine gestionó el pase diplomático hasta la estación TGV mientras Turner revisaba su correo en un portátil aislado. **Bandeja Z** apareció en la cuenta de Silvia: un directorio con decenas de borradores. Solo uno modificado hacía menos de dos horas: *probatioX9.eml*. Lo descargó y descifró.

Dentro, un mapa ASCII marcado con la letra Z sobre **San Sebastián** y una serie de coordenadas GPS que apuntaban al polígono industrial de Zubieta, antigua zona de almacenes del Ministerio de Defensa cedida a la Diputación de Gipuzkoa. Pie de nota: *«Archivo redundante para contingencia norte. Si cae Los Tejos, activar Z.»* Firmaba **F. A.**: Fernando Alarcón.

Turner sintió un cosquilleo helado: la investigación llevaba meses orbitando alrededor de Madrid, Collado Villalba y Luxemburgo. Nadie había mirado al norte. «D4 duplica, pero no cierra» significaba que el pendrive rojo era espejo de un repositorio gemelo en Zubieta: **X9**.

—Cambio de planes —susurró a Claudine—. Necesito desviar en Burdeos.

—Ese tren no existe —respondió ella, mirando el código QR del billete diplomático—. Pero hay un Intercity a Irún en dos horas.

Turner tecleó: *Bruselas, retraso inevitable. Recibo coordenadas X9. Procedo vía frontera norte.* El mensaje salió por canal Lisboa-Gerber con cifrado triple.

14:37 h. Estación de Irún. Turner sintió el aire salado del Cantábrico mientras ajustaba la venda de su nariz. Claudine continuó a Estrasburgo, portando copia de D4 y los cuadernos verdes: si él caía, ella presentaría el paquete incompleto; al menos Bruselas abriría una investigación. Turner alquiló un Renault Clio metálico y condujo hacia Zubieta bajo un cielo plomizo que olía a brea y algas.

La vieja nave señalada por el GPS estaba semiabandonada, solapada entre contenedores oxidados y carteles en euskera que prohibían el paso. Un candado nuevo brillaba en la reja. Forzarlo habría despertado atención; optó por el método sutil: rodeó la valla hasta el lado oeste, donde el metal cedía bajo corrosión. Reptó, manchándose de barro.

Dentro, el olor a aceite viejo y madera mojada. En la penumbra distinguió un generador portátil y un rack de servidores cubierto por lona gris. Se acercó; al lado, una caja fuerte pequeña con teclado numérico. Frontera fría, silencio absoluto.

Probó la contraseña *penalver_vuela94*. Pitido de error. Intentó *cuervo_vuela94*. De nuevo error. Recordó la nota de correo: **probatio X9**. Tecleó X 9 X 9 2 0 1 1. Pitido doble. La puerta se abrió.

Dentro, un solo objeto: un **pendrive negro** con etiqueta manual *X9D4_BACKUP*. Turner lo deslizó en su portátil offline. Archivos idénticos a D4 más una carpeta extra: **/ENCRYPT/ HYDRA_NEXUS/**. Pesaba 4 GB. Sin la clave correcta, no se abriría.

En ese instante, su móvil satelital vibró: mensaje de Rubén desde Madrid.

"Hospital comprometido. Enf. auricular = agente. Fernando inconsciente. Cloe trasladada a UCI. Posible fuga de info."

Turner mordió el labio. La hidra había contraatacado en la retaguardia. Necesitaba la clave de HYDRA_NEXUS para cerrar el círculo y proteger a los supervivientes.

Mientras pensaba, un clic metálico detrás: cerrojo. Se giró: un hombre con chubasquero oscuro, paraguas plegado, pistola con silenciador.

—Entrega lo que llevas, Turner.

La voz reconocible: **Leandro Nogales**, el abogado de Ferrer. No llevaba guardaespaldas: la nave bastaba para amortiguar ruido.

—Llegas lejos para un simple letrado —dijo Turner, levantando las manos.

—La hidra paga bien. Y aprende rápido. —Nogales apuntó al portátil—. D4 espejo. Lo necesitamos intacto.

Turner deslizó la mirada a un viejo montacargas detrás de Nogales, cable de acero tenso. En la pared, un disyuntor oxidado.

—¿Intacto como Peñalver? —preguntó.

Nogales crispó la mandíbula.

—Abre la carpeta Hydra.

—No tengo la clave —respondió Turner—. Y aunque la tuviera, no la abriría para ti.

El abogado avanzó un paso; la pistola relucía.

Turner alzó el portátil con la mano izquierda, como si fuera a cooperar, mientras la derecha buscaba a ciegas el disyuntor. Palanca arriba. Chispazo. Luz cortada. El montacargas se dejó caer con estruendo contra el suelo y un alud de polvo.

Nogales disparó; la bala rozó el metal. Turner rodó tras una columna, extrajo la Glock. Flash de disparo, ruido ahogado. Segundo disparo; Nogales gimió, cayó. El generador se apagó: silencio denso.

Turner se agachó, recogió el pendrive negro y comprimió la herida en el muslo del abogado: no mataría si no era necesario, pero tampoco desperdiciaría tiempo.

—¿La clave? —susurró.

Nogales, pálido, cerró los ojos. Murmuró una palabra: *"codice"*. Y cayó en shock.

Turner registró su chaqueta: credencial del despacho, un móvil en modo avión y una tarjeta de memoria microSD rotulada **CODICE**. La guardó.

Sirenas lejanas: alguien oyó disparos. Cargó el portátil, el pendrive, el microSD y salió por la rendija oeste. La lluvia borraría sus pisadas.

23:40 h. Habitación barata en un hostal de Pasajes. Turner limpió la Glock, conectó microSD al portátil offline. Dentro, un archivo .key: **HYDRANEXUS.codice**. Lo arrastró sobre la carpeta cifrada; el sistema pidió código de diez dígitos.

Pensó rápido: ¿fecha de fundación de Enerplus, 2008? Error. ¿Fecha de comisión Tamariz, 2012? Error. Recordó la nota de Alarcón en la clínica: *Documento D4 en Villalba. Aguado. Aguado... B.A. Cinco abonos.* ¿Fecha de su ascenso a fiscal? 07-03-2016. Tecleó 07032016. Error.

El reloj corría. Miró el archivo de Peñalver: *penalver_vuela94*. 1994 año de nacimiento. Saénz volaba 92. ¿Quizá Aguado? Nació 1979. Tecleó 04111979. Error. Un intento restante.

Respiró. "Codice" podía ser código eclesiástico: Biblia Vulgata, Romanos 6:23 —No. Pistas en Hydra... latín. D4 duplicaba. X9. 4×9=36. 36-D-4: 3-6-0-4? Tecleó 360499. Error final.

Carpeta bloqueada.

Turner golpeó la mesa. Pendrive inútil sin clave. Escuchó la lluvia contra la ventana. De repente, su móvil parpadeó: **Nuevo correo de ***********benu@riseup.net**. Asunto vacío. Dentro: *«Codice = LIBER»*.

Libre en latín. Cinco letras. Convertido a dígitos T9: 5-4-2-3-7. Tecleó 54237. Carpeta abrió.

Dentro, cientos de PDFs: **HYDRA_NEXUS/PACTOS/**, **/FONDO_RUBICON/, /PRESS_KIT/**, y un video: Ramis y Nogales firmando un documento denominado **"Protocolo Liber"**. En él, la creación de un fondo millonario para comprar medios, con nombres de 17 directores y 5 magistrados.

Turner exhaló. El abismo había mostrado su vientre.

Grabó:

—Diario Turner, 00:12. Hydra Nexus abierto. Prueba de compra masiva de prensa y justicia. Nogales herido, custodia local. Entrego Liber a Bruselas en 40 h. Si muero, cron job Ginebra + trigger 'Liber'.

Envió copia cifrada a Claudine. Luego apagó el portátil. Mañana cruzaría la frontera con ese archivo; después, tal vez no habría mañana. Pero por primera vez, la bala de la información superaba en calibre al cañón de la hidra.

Se deslizó en la cama raída sin quitarse la pistola del cinturón. El correo electrónico, humilde pista digital, se había tornado espada flamígera. Y Turner, al filo del abismo, decidió que valía la pena empuñarla hasta el último byte.

Donde todo comenzó... o terminó

El reloj del teléfono satelital marcaba **T-40:09:33** cuando

Alex Turner cruzó el puente de Zubieta hacia la autopista. La carpeta **HYDRA_NEXUS** viajaba comprimida en dos micro-tarjetas SD escondidas en los tacones de sus botas. El Renault Clio alquilado olía a salitre y pólvora de pistola disparada pocas horas antes. Rubén, en Madrid, enviaba reportes cada treinta minutos sobre la situación del hospital; Cloe seguía sedada en la UCI, pero estable. Fernando Alarcón respiraba con oxígeno suplementario y un guardia civil en la puerta.

Mientras el Cantábrico se deslizaba a la derecha de la carretera, Turner recordó la primera llamada anónima, la cita en **Calle Mayor 32** donde todo había comenzado. Un piso vacío, una carpeta con la ficha policial de Alarcón y una nota que decía *"Sigue el silencio"*. Desde entonces, cada paso había sido ruido. Y sin embargo, la huella final —la clave que uniera nombres, pagos y armas— no aparecía en HYDRA_NEXUS. Nogales había sangrado por ella y callado. El archivo era prólogo, no colofón.

Entonces le vino la punzada: ¿y si la última pieza nunca salió de aquel piso? Un refugio olvidado, barrido por ojos que buscaban oro y pasaron por alto la plata. Giró el volante en la salida a la N-1, rumbo a Madrid. Calculó distancias: cinco horas con suerte, cuatro y media con riesgo. Quedaban 40 horas; el reloj mordía.

17:18 h. El Clio se detuvo frente al portal de piedra. La placa de latón seguía sin nombres, solo un número grabado y el interfono roto. Madrid parecía ajena al temporal: terrazas llenas, estudiantes con helados pese al cielo encapotado. Turner subió los cuatro pisos a pie; cada escalón crujía como un recuerdo. La puerta del piso 4ºB estaba sellada con cinta policial amarillenta, pero nadie vigilaba. Una ganzúa y un empujón rompieron el precinto.

Dentro, polvo y telarañas. El mismo olor a yeso húmedo que recordaba. La bombilla colgaba sin corriente. Usó la linterna. El lugar parecía saqueado: cajones abiertos, papeles rotos, manchas de humedad en la pared. Y aun así, algo diferente: un armario empotrado con la puerta entornada, que antes estaba cerrada. Al acercarse, vio un triángulo de tiza blanca dibujado sobre la madera.

Triángulo igual a delta, delta igual a cambio. Un símbolo que Alarcón dibujaba en los márgenes de sus diarios cada vez que marcaba decisiones críticas. Turner abrió la puerta: adentro, un recoveco cubierto con cartón y cinta americana. Rasgó el cartón: apareció una caja metálica pintada de verde militar, cerrada con candado.

Probó la llave de su maleta falsa: no encajaba. Buscó en los escombros hasta encontrar un llavero oxidado con varias llaves pequeñas. Había visto ese llavero colgando en el piso desde el primer día, creyó que era basura. La tercera llave giró y la caja se abrió.

Dentro, un cuaderno negro tamaño bolsillo, un sobre lacrado y un llavero USB con forma de pluma estilográfica. El cuaderno llevaba en la portada un nombre: **"Alberto Quintana"**. Un alias desconocido. Pasó páginas: citas de agendas, nombres raros, números de cuenta, encuentros con iniciales F.R., S.R., L.N. Quintana se entrevistaba con todos, incluso con Fernando. ¿Alberto Quintana era el propio Alarcón jugando a las máscaras? La clave podría estar "en el nombre", como auguraba el subcapítulo siguiente.

El sobre lacrado llevaba la misma cera roja que sellaba algunas entradas en los diarios verdes. Rompió el sello: una tarjeta SIM europea, sin logotipo, y una nota: *«Conecta solo una vez. Duración cinco minutos.»* Y un número manuscrito: +32 (0) 460 700 X9.

Bélgica. +32. Un móvil prepago para contactar seguramente a Bruselas sin rastreo. El apodo X9 reaparecía. Turner guardó la SIM y la pluma-USB. Revisó el armario: nada más.

Mientras salía, la linterna iluminó el espejo agrietado del pasillo. Su reflejo devolvía un rostro más viejo en cinco meses. Estaba al borde de la extenuación; el abismo respiraba en su nuca.

20:45 h. Piso franco en Embajadores. Rubén y Cloe (conectada por videollamada, luciendo más pálida que una madrugada sin futuro) atendían mientras Turner pasaba un paño sobre la pluma-USB.

Conectó al portátil aislado. Carpeta única: **/QUINTANA/ABRAXAS/**. Contraseña solicitada. Rubén sugirió fechas. Turner negó. «La clave está en el nombre.» Pensó en **QUINTA N A**: quinta letra del alfabeto = E. INA = 9-14-1. Demasiado críptico.

Cloe intervino desde la pantalla:

—Alberto Quintana era pseudónimo de Jorge Luis Borges en una broma literaria de 1938.

—Borges... —murmuró Turner—. *"El Aleph"*. Punto donde confluyen todos los puntos.

Tecleó A L E P H = 1-12-5-16-8. Error. Tiempo corría.

Miró la tarjeta SIM. X9. Letra X noveno alfabeto = 24 9. X9... Turno : Borges publicó *El Aleph* en 1949.

Tecleó 1 9 4 9. La carpeta abrió.

Dentro, un único PDF: **ALEPH_FINAL.pdf**. Lo abrió. Contenía una lista de 112 nombres con foto, cargo, código bancario y un sello en cada página: **"Q1NΔ"**. Al pie, firma digital de «A. Quintana». Era el índice completo de la hidra, la anatomía entera: políticos, banqueros, jueces, jefes de seguridad, gerentes de prensa. Todo.

Rubén se frotó los ojos.

—Esto los hunde —susurró.

Turner notó la vibración del móvil seguro: mensaje de *Lisboa*: *«Vuelo a ZRH retrasado por niebla. Entrega Sánchez-López a las 09:00 CET.»* Su puente a Europa se complicaba.

—Tenemos el finiquito —dijo—. Pero falta llegar vivos.

22:00h. Las luces de la calle se atenuaron: apagón de media cuadra. Cloe informó: «*Ataque de DNS a servidores espejo. Hospital sin red. Guardia Civil retirada del pasillo de Fernando.*»

Rubén se lanzó a recoger mochilas.

—Si viene equipo de extracción, tenemos minutos.

Turner desconectó el portátil, introdujo la pluma-USB y la tarjeta SIM en una bolsa Faraday. Activó el cron job París reduciendo temporizador a 24 h. Si no contactaba antes con Claudine o Lisboa, toda la base de datos Q1NΔ se enviaría a cuarenta redacciones y a la OLAF.

Miró el mapa de Madrid: refugios posibles. Solo uno permanecía invisible porque nadie imaginaba que lo usara: **la trastienda del Café Torino**, donde el camarero Antonio le fiaba el vermut de los lunes lluviosos.

—Al sótano del Torino —ordenó—. De allí saltamos a la estación de Chamartín y a la frontera.

Cloe tosió en la pantalla.

—Llévame audio… quiero oír si se acercan —dijo.

Turner sonrió cansado.

—Oirás los silencios, que son peores.

Apagaron las luces, respiraron hondo. Madrid rugía como un animal a mitad de la noche. Desde la ventana vieron furgón gris sin distintivos. El cerco invisible se materializaba.

Turner colocó la Glock en la cintura.

—Al refugio olvidado hemos arrancado el último secreto. Ahora corramos antes de que lo entierren de nuevo.

Salieron escaleras abajo; cada peldaño retumbaba como una cuenta atrás. La hidra los cazaba, pero por primera vez Turner llevaba todo el mapa de su anatomía. Y esa cartografía valía más que su vida, valía la de quienes habían muerto para dibujarla.

Mientras cerraba la puerta, el reloj marcaba **T-34:00:00**. Las 48 horas finales corrían, y el refugio olvidado se había convertido en el punto de no retorno.

El reloj de cuenta atrás marcaba **T-33:59:48** cuando Alex Turner y Rubén bajaron al sótano del **Café Torino**. Las bombillas amarillas colgaban como dientes cariados sobre sacos de garbanzos y cajas de vermut. Antonio, el camarero, cerró la trampilla y puso un cartel de *Reformas. No pasar* en la puerta del almacén. El refugio improvisado era un búnker de ladrillo visto con olor a serrín y brandy rancio.

Turner instaló el portátil sobre un barril; Rubén, aún tembloroso, colocó el termo de café. La carpeta **ALEPH_FINAL** ocupaba la pantalla con su lista de 112 nombres; en una esquina, el alias **Alberto Quintana** parpadeaba como un reto.

—Si la clave está en el nombre —dijo Rubén—, tenemos que entender quién fue realmente Quintana.

—O quién dijo ser —murmuró Turner.

Sacó el cuaderno negro hallado en Calle Mayor. En la guarda interior, un anagrama escrito a lápiz: *A Quintana = Tanquina? Aquinant? Qua anatin?* Junto a él, la palabra **"Quina"** circundada. Turner recordó de repente la afición de Fernando Alarcón por los crucigramas y los licores; *quina* es un vino medicinal, amargo como la corteza de quinina.

00:20 h. Antonio subió dos vasos de vino quina «para entonar». Turner alzó el suyo, oliendo el dulzor amargo.

—Alarcón lo bebía cuando preparaba discursos —explicó Antonio—. Decía que le despejaba la voz.

Turner puso el vaso bajo la luz. El líquido rojizo refractaba letras del cuaderno; parecía un espejo rubí. Recordó el número de la taquilla 143 —*Q-1-N-Δ*— y la firma en el PDF: **Q1NΔ**. La delta griega remataba siempre la Q y el 1.

—Q-1-N-Δ... Quina —susurró—. No es solo un alias; es un cifrado.

Tecleó "Q1NΔ" en el buscador de ALEPH_FINAL. Ocho resultados: certificados de depósito en **Banco Cantábrico** a nombre de **Q1NΔ FUND**. Cada certificado llevaba un código secundario: **AQ-19-49**.

—AQ —Alberto Quintana —dijo Rubén—. 1949: *El Aleph'*.

Turner abrió el gestor de claves PGP y tecleó **AQ1949** como passphrase para desencriptar el subfolder en HYDRA_NEXUS que aún resistía: **/FONDO_RUBICON/**. El cifrado se descorrió como telón.

Dentro, un documento PDF: «*Plan Rubicón – Instrucciones de Activación*». Fechado seis meses antes de la desaparición del diputado. Firmado por **Fernando Alarcón / Q1NΔ**.

El Plan Rubicón detallaba un procedimiento de emergencia: si las pruebas de corrupción no lograban judicialización en España, debían cruzar la "frontera" (de ahí Rubicón) y entregarse a la OLAF junto a un **alias** para garantizar asilo político. El alias propuesto era **"Alberto Quintana"**.

—Alarcón anticipaba que su nombre real podía invalidar el proceso por inmunidad parlamentaria —murmuró Turner—. Se creó una identidad limpia para él y para cualquiera que tuviera que cruzar.

Rubén hojeaba el informe con ojos agrandados.

—Aquí dice que Quintana debía activar el fondo de emergencia "R-27" para financiar protección de testigos. Mira las firmas: F.R. (Ferrer), S.R. (Ramis)...

—Pero selladas con tachadura. Se comprometieron a pagar y luego lo borraron.

El documento incluía una tabla: **R-27** = 27 millones de euros en bonos suizos liquidados a nombre de **QUINΔ Legacy**

Trust. Beneficiario: "Portador del documento Q1NΔ". La clave, literalmente, estaba en el nombre.

Turner exhaló.

—Alarcón preparó un salvavidas económico y legal... pero necesitaba a alguien que llevara el alias hasta Bruselas. Ese alguien ahora soy yo.

01:48 h. Abrieron el sobre lacrado de Calle Mayor. Dentro, la SIM belga y la nota "Conecta solo una vez. Duración cinco minutos". Turner desmontó el viejo Nokia, insertó la SIM y marcó el número +32.

Tono. Al cuarto timbre contestó una voz grave con acento flamenco:

—Quintana.

Turner tragó saliva.

—Tengo el Aleph y Plan Rubicón. Necesito pasarela segura mañana.

—Código de validación.

Turner leyó del PDF: **AQ-19-49**.

—Verificado. Reúnete 15:00 CET, estación de Hendaya. Vestíbulo TGV. Buscarás a Martín Fierro.

—Contra clave.

—«Un hombre se propone la tarea de dibujar el mundo.»

Frase inicial de **"El Aleph"**. Turner colgó; 2 minutos 14 segundos consumidos. Rompió la SIM y la arrojó al vaso de quina. Las burbujas eructaron un segundo.

Rubén arqueó cejas.

—¿Quién era?

—Pasarela a Bruselas. Usan el cuento como protocolo de identidad.

—¿Y mañana Hendaya?

—Mañana Hendaya.

03:05 h. Fuera, la lluvia arreció. El transformador de la calle chisporroteó; breve apagón. Se encendió la luz de emergencia del sótano. Antonio bajó:

—Hay una furgoneta gris sin matrículas en la esquina. El conductor fuma y no entra.

Turner y Rubén intercambiaron miradas. La ventana marcaba goterones. Mantuvieron las luces de emergencia, apagaron el resto. Empaquetaron el portátil, la USB-pluma, las SD en un cinturón de seguridad con compartimento secreto.

En ese instante, el portátil pingó: Cloe enviaba audio filtrado de walkie hospitalario.

"... replicar orden. Traslado de paciente Alarcón UCI a clínica privada. Proceda unidad móvil blanca..."

Turner golpeó la mesa. La hidra aceleraba para cortar la pieza clave antes de que él cruzara Hendaya.

—Rubén, vas al hospital. Saca a Fernando. Usa tu contacto en Tráfico, monta ambulancia falsa si es necesario.

—Solo no puedo.

—Llama al padre Gabriel. Él tiene parroquia móvil.

Rubén asintió. Cargó la mochila y salió por la puerta trasera.

Turner respiró hondo. Él iría al norte, Rubén al hospital. Cada uno con un trozo del Aleph. Si uno caía, el otro debía avanzar.

Antes de marcharse, Turner arrancó una hoja del cuaderno negro y escribió con tinta roja:

Si lees esto es que no volví. Alias Quintana, Plan Rubicón, trust Q1NΔ. Hendaya 15:00 CET. Código de cita: Martín Fierro / El Aleph.

Selló el papel en un sobre y se lo entregó a Antonio.

—Si mañana a medianoche no regreso, llévalo a Beltrán.

El camarero tragó.

—No me falles, chaval —dijo.

Turner sonrió con los labios cortados por la fatiga.

—Ni yo ni el vino de quina.

Subió la escalera, fusilado de sueño, pero con la mente clara: el nombre, la clave, el plan. Alarcón había dejado las migas en aquel piso vacío; él solo tuvo que seguirlas. Ahora, con el mapa completo, debía correr antes de que la hidra quemara la última página.

La calle olía a ozono. El furgón sin matrícula seguía ahí. Los faros se encendieron al verlo. Turner se metió en la oscuridad de los soportales, pensando que el día de Hendaya podía no llegar.

Pero por primera vez, el alias lo protegía como armadura: **Quintana** no figuraba en ninguna orden de busca y captura. Se encaminó hacia Atocha con el dossier y la pistola.

Tras él, el reloj comenzó de nuevo: **T-29:59:59**. El Aleph estaba abierto; ahora había que cruzar el Rubicón sin mirar atrás.

El cielo de Hendaya lucía plomo y agua cuando Alex Turner entró en el vestíbulo de la estación TGV. El reloj digital sobre la taquilla marcaba **14:51 CET**. Nueve minutos restaban para la cita. Llevaba la maleta de mano con el fondo falso —pluma-USB, micro-SD y cuaderno negro—, la Glock en una funda pectoral y la venda de la nariz camuflada bajo gafas de sol redondas. El alias **Alberto Quintana** figuraba en su pasaporte diplomático emergente; el sello improvisado del Servicio Cultural Francés aún olía a tinta fresca.

Fila de turistas británicos compraba croissants. Un altavoz anunciaba retrasos en la línea Burdeos-París. Turner localizó la cafetería *Le Canfranc* donde debía esperar al contacto

"Martín Fierro". A la derecha, un hombre hacía malabares con una máquina de billetes; en la pantalla, el símbolo de banda en mantenimiento.

Se sentó en la última mesa. Encargó una Vichy y un café lungo. Dentro, la estación olía a pan recién hecho y frenos ferroviarios. Afuera, la lluvia arrastraba gaviotas y humo de la ría.

Un hombre de unos sesenta años, traje gris sin arrugas, corbata burdeos, se acercó: llevaba bajo el brazo el diario *Le Monde*. Lo dejó sobre la mesa abierta en la página cultural. En la esquina derecha, un recorte de Borges con la cita: «*Un hombre se propone la tarea de dibujar el mundo...*»

—Y acaba dibujado por él —murmuró Turner, completando la frase.

El desconocido se sentó. Ojos grises, pelo cortado militar.

—Martín Fierro no existe —dijo en español con deje navarro —. Soy **Comisario Diego Ulzama**, OLAF-Antifraude. Usted es Quintana.

Turner asintió.

—El tiempo corre. ¿Tiene usted el material?

Turner deslizó el sobre con la pluma-USB y la micro-SD.

Ulzama las guardó sin revisarlas.

—Hubo ruido en frontera. Una alerta de Interpol sobre documentación robada. ¿Le siguieron?

—Seguramente. Traigo furgón gris desde Madrid.

Ulzama desdobló *Le Monde*: entre sus páginas había un billete de tren Thalys a Bruselas, salida 16:02.

—Suba, coche 12, asiento 14B. Yo embarcaré cinco minutos después con escolta francesa. En Bruselas tendremos jurisdicción.

Turner escuchó el altavoz: "*TGV 8532 con destino París-Nord cambiará de vía. Tengan sus billetes preparados."*

Ulzama se levantó y añadió:

—Ah, un consejo: en este juego los hilos no los mueve quien firma las órdenes, sino quien inventa los nombres.

Se alejó. Turner notó un temblor leve: encontrar el "quien" aún estaba pendiente.

Turner subió al vagón. Maleta en el portaequipajes, se sentó en 14B. Un niño belga jugaba con cochecitos en 14A. La madre sonreía disculpas; él aceptó: la vida civil aún existía.

Alzó la mirada y vio entrar a **Elena Ferrer** —traje negro, corbata amarilla— acompañada de dos escoltas franceses. Se sentaron en coche 11, pero Ferrer giró un instante hacia él, una mueca de hielo quebrado.

Un pitido: puertas cerradas. El tren se puso en marcha. Turner sostuvo la mirada en el reflejo de la ventana: Ferrer hablaba al móvil, gesticulaba.

El maquinista anunció: "Parada prevista en Burdeos, 90 minutos". Turner recordó la emboscada de la A-6: Burdeos era tierra de tentáculos. Marcó a Ulzama, pero la llamada no conectó. Se levantó: coche-bar.

La cafetería del tren estaba vacía salvo un camarero joven y Ferrer, que bebía Perrier. Turner se apoyó en la barra.

—Curioso encontrarte —murmuró.

—Más curioso que Quintana sea Turner —respondió ella—. ¿Crees que Bruselas te salvará?

—Tú me lo dirás.

Ella deslizó un móvil: un vídeo de Rubén en el hospital, rodeado de sanitarios.

—Fernando está en coma inducido —susurró—. Una infección

inesperada. Si quieres que despierte, devuélveme lo que me pertenece: Hydra Nexus.

Turner sintió las sienes latir.

—Tú no mueves los hilos, Ferrer. Detrás hay un nombre que todavía no he puesto en la lista.

Ella bebió un sorbo.

—Alberto Quintana no es un alias. Es el nombre verdadero de quien mueve los hilos. Alarcón lo extrajo de un registro suizo. Quintana existe y firmó los cheques del Fondo Rubicón.

Turner se quedó helado. Quien había tejido el plan salvavidas era a su vez el pagador clandestino.

—Dame un nombre.

—Está en tu cuaderno negro, página 27 —dijo—. Pero será póstumo si no entregas la USB.

El altavoz anunció llegada a Burdeos. El tren aminoró. Ferrer se puso en pie.

—Piensa rápido. Quintana no espera.

Ferrer y escoltas bajaron. Turner miró el cuaderno: página 27, una nota difusa: **"A.Q. = Antón Quesada"**. Un empresario gallego vinculado a armamento naval, nunca mencionado en medios.

Volvió al asiento. Ulzama entró apresurado.

—Cambio de itinerario —dijo—. Furgón gris detectado en autopista; suben en Burdeos.

Turner entregó la micro-SD y pluma-USB.

—Te vas sin mí. Yo sigo a Quesada.

Ulzama negó.

—Bruselas primero.

Turner apretó la mano del niño en 14A, tomó su maleta y caminó hacia la puerta mientras silbaba el tango *"Volver"*. En el andén, Ferrer hablaba con un hombre robusto: pelo cano, gorra de béisbol, mirada calculadora. Antón Quesada.

Turner sintió la verdad en la garganta: el hombre del alias existía. Se mezcló con los pasajeros y, a dos metros de Quesada, pronunció:

—Quintana.

El empresario se giró, lo miró y sonrió, como si esperara aquel saludo desde siempre.

—Llegas tarde, detective. El Rubicón ya está cruzado.

Un zumbido de freno: el furgón gris aparcaba junto al andén. Dos hombres bajaban con maletín plateado.

Turner sacó la Glock bajo la chaqueta.

—No tan tarde —susurró.

Sirenas de la gendarmería sonaron en la otra punta. Ulzama había alertado. La multitud se apartó. Se formó un círculo vacío: Turner, Quesada y la hidra desnuda.

—Un disparo y perderás todo —dijo Quesada—. Rubicón es irreparable.

—También lo fue Roma —respondió Turner— y aún así alguien la quemó.

Ferrer levantó las manos con gesto teatral.

—Todos somos rehenes de un relato, Alex. Elige el tuyo.

Turner exhaló, apuntó al maletín plateado.

—En ese relato, la verdad viaja a Bruselas y ustedes se quedan aquí.

La gendarmería rodeó la escena. Ulzama llegó detrás de Turner.

—Se acabó —dictaminó el comisario—. Señor Quesada, queda detenido por fraude transfronterizo, cohecho y asociación criminal.

La hidra perdió su última cabeza visible sin sangre: esposas de acero y un comunicado lacónico. Pero Turner sintió un vacío: la verdad se había movido sola, empujándolo al borde y ahora lo dejaba sin hilo.

Ulzama le susurró:

—La guerra legal apenas empieza. Prepárese para declarar.

Turner guardó la Glock. Miró el cielo plomizo de Burdeos y pensó que el Rubicón todavía mojaba sus botas.

Sacó la grabadora.

—Diario Turner, 16:41. Frente a frente con Quintana-Quesada. La hidra capitula en Burdeos. Rubicón cruzado. Ya no hay vuelta atrás.

Cortó la grabación, entregó la maleta a Ulzama y subió de nuevo al tren rumbo a Bruselas. El niño del coche 14 le sonrió desde la ventanilla. Turner devolvió la sonrisa, cansada pero cierta.

El abismo seguía ahí, pero al otro lado la verdad ya tenía boleto sellado. Ahora tocaba sobrevivir para contarla.

CAPÍTULO 11: CONFRONTACIÓN FINAL

La tarde belga se había pintado con pinceladas de plomo y lluvia fina cuando Alex Turner dejó atrás la Gare de Bruxelles-Midi y se adentró en el barrio de Saint-Gilles. Llevaba el abrigo empapado, la venda de la nariz sustituida por una tirita color piel y, por primera vez en semanas, ningún arma en la cintura: la policía federal había sellado su Glock a la entrada como condición para asistir a la "reunión discreta de clarificación". Discreta, aclararon, no oficial: ni fiscalía, ni prensa, ni los trajeados de OLAF que lo habían escoltado hasta Burdeos. Solo él, su cuaderno negro y la verdad recién salida del cascarón.

El teléfono certificado vibró con un SMS de Rubén: *"Alarcón estable. Traslado frustrado. Padre G. con él. Cloe despierta. Cuídate."* Turner sonrió pese al cansancio: un hilo de alivio en la tormenta. Guardó el móvil. Miró la fachada ennegrecida del edificio número 23 de la Rue de Bosnie. Tres plantas, persianas entornadas, una lámpara de despacho que titilaba tras la cortina del segundo piso. El lugar que los belgas llamaban «casa puente»: antigua imprenta reconvertida en sala de reuniones de ONG fantasma.

Un hombre corpulento con paraguas negro lo esperaba bajo un balcón.

—Monsieur Turner. Par ici, s'il vous plaît.

Lo condujo por un portal de linóleo astillado y una escalera que olía a col hervida. En el rellano, una puerta blindada. Cuatro golpes, pausa, dos golpes. Un cerrojo se descorrió. Entraron.

La "sala de clarificación" era un rectángulo con paredes de ladrillo visto y una mesa de juntas demasiado pulida para aquel entorno. Seis sillas. Sobre la mesa, una jarra de agua, ocho vasos de plástico, un paquete de galletas digestivas abierto. En el extremo norte, un proyector apagado. Ningún símbolo oficial, ningún escudo europeo. Sólo tres personas esperaban:

- **Comisario Diego Ulzama**, impecable en su traje gris, manos cruzadas sobre una carpeta sellada;
- **Magistrada Liselotte Van den Broeck**, cabello plateado recogido, ojos hundidos de leer demasiados sumarios;
- **Jan Vermeersch**, asesor jurídico del Parlamento Europeo, barba descuidada, cuaderno Moleskine repleto de pos-its de colores.

Nada de uniformes, nada de grabadoras visibles. Turner notó el silencio eléctrico de los viejos ventiladores.

—Señor Turner —saludó la magistrada—. Gracias por venir. Necesitamos contexto antes de elevar el expediente.

Turner dejó la maleta sobre la mesa.

—El contexto huele a limo del Manzanares y a tinta de notarios suizos. ¿Por dónde empezamos?

Vermeersch sonrió con gesto de profesor cansado.

—Por la pieza clave que todos mencionan: **Hydra Nexus**.

Turner sacó la pluma-USB, la SD "Liber" y el cuaderno negro.

—Hydra Nexus demuestra un esquema de compra de influencias entre defensas nacionales y conglomerados energéticos. Los nombres están aquí —dijo, señalando el cuaderno—. Pero no es suficiente sin el **Plan Rubicón** que explica la ruta del dinero y el papel del alias *Alberto Quintana*.

Ulzama abrió la carpeta: fotocopias del Plan Rubicón,

subrayados.

—Necesitamos corroborar que *Antón Quesada* y *Quintana* son la misma persona jurídica.

—Quesada firmó cheques del trust Q1NΔ —indicó Turner—. La notaría Cantábrica archivó poderes bajo identidad doble.

Van den Broeck entrelazó los dedos.

—Y sin embargo, hace dos horas Quesada pidió amparo diplomático como "inversor estratégico" de la Agencia Europea de Defensa.

Turner sintió un frío en la nuca.

La magistrada proyectó una diapositiva: logo de la A.E.D., firma digital de un comisario industrial y, abajo, "**Programa LIBER — Fondo de Resiliencia Informacional**". Turner reconoció la palabra clave que había desbloqueado la carpeta.

—Pretenden blanquear Rubicón presentándolo como dispositivo de contra desinformación —explicó Vermeersch—. Si lo consiguen, Quesada saldrá como consultor, no acusado.

Turner bebió agua: amarga, tibia.

—Entonces invirtamos el relato. Entreguen **El Aleph** entero a la prensa antes de que ellos le pongan sello.

—No podemos filtrar sin validar cadena de custodia. Nos destruirían en los tribunales —dijo Van den Broeck.

Ulzama deslizó una caja de seguridad portátil.

—Si el testigo principal declara, la pieza encaja —añadió—. El testigo es Fernando Alarcón. ¿Puede viajar?

Turner dudó: Rubén sólo había dicho estable. La infección inducida podía ser preludio de otra «complicación».

—Necesito 24 horas para sacarlo de Madrid.

—Tiene 18 —corrigió la magistrada—. Mañana a las 11:00,

Comisión de Libertades Civiles. Sin Alarcón, los dosieres se congelarán como "material indiciario insuficiente".

Turner pensó en la hidra rearmándose en las sombras.

—Entonces viajo esta noche. Pero necesito protección.

Ulzama asintió.

—Dos escoltas civiles belgas hasta Hendaya. Luego usted se las arregla.

Vermeersch deslizó un sobre. Dentro: dos billetes Bruselas-Hendaya, salida 20:10 Thalys, y un pasaporte a nombre de **Andrés Quintana-Alba**.

—Nuevo alias, nueva pieza —sonrió—. El juego de nombres sigue.

Turner guardó el cuaderno negro y la USB. Al salir, Van den Broeck lo detuvo.

—Una pregunta: ¿por qué sigue usted, señor Turner? Ya cruzó el Rubicón. Podría desaparecer.

Él la miró con cansancio lúcido.

—Porque aún respiro. Y mientras respire, la verdad también.

Bajó la escalera. El corpulento con paraguas lo acompañó. Fuera, la lluvia golpeaba con fuerza. En la acera, dos taxis. El escolta señaló el segundo. Turner subió, maleta en las rodillas.

—Gare du Midi —dijo en francés.

El taxi arrancó. El conductor, espejo retrovisor sucio y radio antigua, tarareaba un bolero. Turner sostuvo la maleta con fuerza. Pensó en Rubén luchando contra enfermeros ajenos, en Cloe conectada a Internet como único pulmón adicional, en el padre Gabriel rezando entre sábanas de hospital.

La ciudad se difuminaba tras el cristal empañado. La reunión secreta había dejado más preguntas que respuestas, pero al menos marcaba la hoja de ruta: 18 horas para traer a Alarcón vivo y consciente a Bruselas.

Y sin certezas, sin arma, sólo con la persistencia del náufrago que mira el faro y sabe que debe nadar pese a las corrientes.

El taxi frenó por un atasco. Turner abrió la grabadora portátil:

Diario Turner, 18:11. Reunión secreta sin armas, sin garantías. Bruselas exige testimonio final mañana. Quesada reclama inmunidad. La hidra busca máscara institucional. Queda un día, una vida, una verdad. Y todas penden de un hilo que huele a suero y a cloroformo.

Cerró el aparato. La lluvia arreciaba. Guardó la grabadora y apoyó la frente sobre el cristal helado. Sintió el murmullo de las ruedas, como un réquiem suave, y recordó una vieja máxima subrayada en un cuaderno: *"la lucidez duele cuando se sostiene demasiado tiempo"*.

Él la sostenía aún, aunque el dolor ya le crujiera los huesos. Porque el tren saldría a las 20:10, y con él la última oportunidad de que la verdad hablara con voz propia.

La lluvia había convertido la autopista Bruselas–Mons en un espejo roto cuando Alex Turner cambió de asiento con el conductor belga que hacía de escolta. El plan improvisado era simple: volante para el detective, papeleo en la guantera y prisa en la sangre. Ni tren, ni avión: carretera y manta para ganar horas y evitar aduanas inquisitivas. T-15:43 marcaba el cronómetro mental; cada gota de agua rebotaba en el parabrisas como si contabilizara segundos perdidos.

Rubén había enviado dos mensajes crípticos: *"Padre G. mueve fichas. Hora 3."* y, 20 minutos después, *"El león duerme, la torre vigila"*. Turner interpretó que Fernando seguía vivo y que el traslado clandestino al piso de la parroquia se había completado, pero no le bastaba. Apretó el acelerador del Peugeot gris —un vehículo de servicio que OLAF les había asignado en Bruselas junto con el escolta Luc—, rebasó un tráiler húngaro y se encomendó al viejo truco de ignorar el velocímetro.

A las 23:07 cruzaron la frontera fantasma de Avesnes. Nada de control; los gendarmes preferían cenar carbonnade que detener un coche cansado. La lluvia amainó. El conductor belga, un tipo enjuto llamado Luc, dormitaba de ojos abiertos.

—Quedan cuatro horas hasta Hendaya —calculó Turner—. Alarmas si ves luces azules.

Luc gruñó algo en flamenco y señaló la radio: interferencias, luego una voz metálica recitando titulares franceses sobre *"le scandale Quintana"*. El asesinato reputacional empezaba antes que el juicio.

El Peugeot necesitaba diésel; Turner café, Luc nicotina. Entraron en la tienda 24 h. Bajo luz fluorescente, una pantalla mostraba imágenes de **Julio Sáenz** esposado declarando ante la prensa en Madrid. Titular: *"Exjefe de Gabinete apunta a Turner como cerebro de filtraciones"*. Al pie, un rótulo rojo: "BREAKING".

Turner sintió un escalofrío; el cuchillo de la verdad empezaba a girarse. Pagó gasolina y café, volvió al coche. Luc fuma al lado; su móvil vibra. Atiende y suelta una risotada breve, mirada alargada hacia Turner. Cuelga.

—¿Algo? —pregunta Turner.

—Dicen en Bruselas que su señor Quesada ya no está arrestado. Abogado presentó habeas. Sale con pulsera en 48 h.

El cuchillo ganó filo. Turner volvió al volante.

La bruma atlántica lamía las farolas cuando el Peugeot aparcó detrás de los silos portuarios. Allí esperaba **Padre Gabriel Muñoz** con sotana bajo impermeable y el viejo Citroën de la parroquia. En el asiento trasero, Fernando Alarcón, delgado, ojeroso, intubado sólo por oxígeno portátil, pero despierto. Rubén cerraba el portón tras cargar una bombona extra.

—Llegáis tarde —susurró Rubén—. Se mueve policía francesa buscando a "un periodista terrorista español".

Turner tocó el hombro de Alarcón; el diputado articuló un gracias mudo.

—Faltan 6 h para comisión. ¿Estás listo?

El hombre alzó un pulgar.

Padre Gabriel tendió un sobre amarillo.

—Confesión escrita de Quesada. La firmó hace dos años durante retiro espiritual en mi parroquia. Se arrepintió, pidió guía. Luego se retractó. Yo guardé copia.

Turner abrió: tres folios. Quesada explicaba cómo creó Fondo Rubicón, cómo sobornó jueces, cómo planeaba culpar a Ramis. Un cuchillo de doble hoja.

—¿Por qué me lo das ahora?

—Porque confesión sin acción es humo, hijo. Y ya huele demasiado.

Turner metió el sobre en la chaqueta. La verdad empezaba a doler.

Un zumbido de sirenas. Dos patrullas se acercaban. Turner apuró: Alarcón pasó del Citroën al Peugeot. Luc arrancó rumbo a la autopista; Rubén en el Citroën condujo al sur como señuelo. Padre Gabriel subió con Turner.

A 120 km/h en la A-63, el cura sacó un frasquito.

—Sedante ligero. Le dará voz sin dolor.

Turner miró el retrovisor: luces azules crecían.

—O nos mata antes de hablar.

Alarcón negó despacio: ojos, fuego tenue.

—Sin sedante —susurró—. Quiero que les duela mi voz.

El cuchillo giró en la herida. Turner subió la velocidad.

—Entonces aguanta, diputado. Tu garganta es nuestra mitad de espada.

Primeras luces. Guardia Civil y Gendarmería cooperaban para un control; Turner tomó desvío secundario hacia un puente peatonal clausurado. Luc protestó; Turner ignoró. Empujaron el Peugeot por el paso viejo, neumáticos rebotando en tablones sueltos, hasta territorio francés.

Allí esperaba **Comisario Ulzama** con furgoneta sin distintivos. Alarcón fue transferido. Turner entregó el sobre de confesión y la USB.

Ulzama ojeó la firma de Quesada.

—Esto lo mata judicialmente.

—¿Mata? —replicó Turner—. Sólo si lo clavas bien.

Sala de espera de la Comisión de Libertades Civiles. Turner bebe café aguado. Alarcón, con suero, repasa un discurso de cuatro minutos redactado en letra temblorosa. Padre Gabriel le da la extrema unción de los que van vivos a la guerra. Luc entra con auriculares.

—Quesada ha volado a Ginebra, citación aplazada 48 h.

Turner cierra los ojos: la hidra se retuerce.

La asistente de la comisión abre la puerta:

—Señores, empieza la sesión.

Turner toma aire. Su grabadora marca un nuevo registro.

Diario Turner, 09:46. La verdad está afilada, corta donde pasa. Si estos cuchillos no bastan, habrá que forjar otros. Pero hoy entramos con la hoja desnuda.

El diputado asiente. Avanzan. Al fondo, veinte eurodiputados, luces de cámara, micrófonos extendidos. Verdades como cuchillos: no traen redención, pero sangran lo necesario. Turner aprieta la venda del hombro.

La puerta se cierra. Afuera, la lluvia golpea Bruselas; adentro, las palabras empiezan a cortar

El murmullo de la sala de la Comisión apenas se había apagado cuando el reloj de pared marcó las 10:07. Fernando Alarcón, piel de pergamino y voz de lija, acababa de pronunciar la última frase de su declaración: «—Las cloacas no se desaguan con agua; se abren al sol». El silencio que siguió fue espeso, desorientado. Algunos eurodiputados tecleaban sin saber qué titular escoger; otros rebuscaban en la memoria legislativa un resorte para no mostrar el temblor de las manos.

Alex Turner se mantuvo de pie detrás del diputado. Había contado cada palabra, cada respiración, atento a la sutil amenaza de un paro respiratorio inducido, a un micro corte de sonido, a un bostezo malicioso entre los traductores. No ocurrió nada; o, mejor dicho, ocurrió el vacío: nadie objetó, nadie reformuló. El cuchillo de la verdad se quedó vibrando en la mesa sin que nadie se atreviera a tocarlo.

Van den Broeck agradeció la comparecencia y declaró un receso de diez minutos para «ordenar la documentación». Ordenar significaba diluir. Turner lo sabía. Agarró la maleta y empujó la silla de ruedas de Alarcón hacia la puerta lateral. Padre Gabriel recogió la botella de suero y siguió en silencio.

Fuera de la sala, un pasillo de mármol gris y lámparas de latón. Luc, el escolta, esperaba con semblante tensado. Le susurró a Turner:

—Periodistas bloqueados en la recepción principal. Pero los de *Le Soir* han entrado por garaje. Quieren declaraciones.

Turner negó.

—Que esperen. Airear ahora sería regalarle tiempo al enemigo. Hay que sellar lo dicho en acta antes de que lo «corrijan».

Luc asintió, pero su mirada deslizó un aviso: tres hombres de traje oscuro avanzaban desde el corredor norte. Turner reconoció a uno: asesor jurídico del grupo Renovar Europa, simpatizante de Quesada. Traían carpetas estampadas con sellos urgentes.

—Quieren suspender la sesión —murmuró Luc—. Alegan falta de pruebas contrastadas.

—¿Y el acta? —preguntó Turner.

—Sin firma del presidente, queda en limbo.

El precio del silencio se hacía tangible: anular la voz de Alarcón entre procedimientos.

Se refugiaron en una pequeña sala contigua reservada para intérpretes. Padre Gabriel colocó a Fernando en un sillón y le ofreció sorbos de agua. Turner abrió la maleta: USB, cuaderno negro, sobre con confesión firmada y la micro-SD Liber. Sacó su portátil y grabó audio:

"Anexo a testimonio Alarcón. Añadir HYDRA_NEXUS/PACTOS y confesión Quesada firmada."

Guardó en PDF, firmó con su clave PGP y lo subió al servidor seguro OLAF. Adjuntó hash en un correo al buzón oficial de la Comisión. Click. Ahora el contenido estaba dentro del sistema parlamentario; borrarlo requeriría una orden plenaria y dejaría rastro.

Alarcón levantó la mano temblorosa.

—¿Ya... está? —preguntó con un hilo de voz.

—Está sellado —respondió Turner—. Aunque silencien tu declaración, los anexos obligan a investigarlo.

El diputado cerró los ojos un segundo, como si firmara su propio epitafio con alivio.

Un golpe en la puerta. Era **Claudine Gerber**, con chaqueta empapada.

—Los de *Le Soir* han roto el cerco —dijo en francés—. Tienen fotos de la confesión Quesada. Publicarán en una hora. Me pidieron confirmación.

Turner frunció el ceño. La filtración podía acelerar, pero también descarrilar.

—Dales la foto del sello Q1NΔ y la rúbrica, nada más. Sin la carpeta Nexus quedan en pre-scroll. Escozor, no hemorragia.

Claudine asintió. Antes de irse, agregó:

—Un rumor: Quesada ofrecerá rueda de prensa en Ginebra. Dirá que la declaración de Alarcón es fruto de coacción religiosa.

Padre Gabriel soltó un bufido.

—Si miente, caerá solo —dijo Turner—. Pero necesitamos algo más: vídeo íntegro de la comparecencia, antes del montaje.

Claudine sacó un pendrive.

—Grabé señal directa. Aquí lo tienes.

Turner lo copió al servidor OLAF y subió a un espejo islandés. Otra capa de hielo sobre la hidra.

El móvil seguro vibró: **Número desconocido.**

—Escucha, detective —dijo una voz metálica—. Podemos enterrar esto. Un despacho europeo, un fondo, olvidas el Aleph. Tu gente vivirá.

—¿Quién habla?

—El silencio —contestó la voz—. Precio: tu desconexión inmediata.

Turner colgó. Respiró hondo. Miró a Alarcón, al padre Gabriel, a Luc. Sintió el peso del cuchillo invisible: para salvarlos quizá bastaba callar. Pero callar reescribiría cada muerte, cada bala, cada nombre.

Se acercó a la ventana: la lluvia ensuciaba Bruselas; bajo el paraguas, periodistas esperaban. Sacó la grabadora.

Diario Turner, 11:08. El silencio cotiza alto y paga en vidas ajenas. Pero el coste real se imprime en los huesos de quienes entierran la voz. Prefiero la cuenta en rojo.

Guardó el aparato. Volvió a la sala; la magistrada Van den Broeck se acercaba con paso rápido.

—El presidente firmó el acta. La sesión continúa en veinte minutos.

——Entonces el silencio perdió su puja —dijo Turner.

Ella no sonrió; simplemente señaló la sala:

—Prepárenlo. El cuchillo ha entrado. Ahora hay que girarlo.

Turner asintió. Alarcón apretó su mano con sorprendente fuerza. Luc revisó el pasillo. Padre Gabriel murmuró un padrenuestro.

El precio del silencio se había quedado sin pagador. Y los cuchillos de la verdad acababan de reclamar su derecho a cortar hasta el hueso.

La luz cenital de la sala grande —la que los burócratas llamaban "Hemiciclo B"— no perdonaba arrugas ni parpadeos. Bajo aquel cielo de neón, Alex Turner sintió que el termómetro moral de Bruselas se le clavaba en la nuca con la misma saña que un flash de paparazzi. Eran las **11:29** cuando la presidenta ad interim del Comité de Libertades abrió la segunda sesión: «—Retomamos punto único: consecuencias del expediente Hydra Nexus». Nadie mencionó a Rubicón; excesivo simbolismo para un parlamento acostumbrado a tecnicismos.

Fernando Alarcón permanecía en silla de ruedas, suero discreto, rostro pálido, pero con la ferocidad del que ya no teme otro disparo. A su lado, Padre Gabriel apretaba el crucifijo como si fuera micrófono cerrado. Luc, el escolta, vigilaba la puerta trasera. Turner llevaba la USB-pluma en el bolsillo interno; era la bala final, solo dispararía si el debate se convertía en emboscada.

El primer eurodiputado tomó la palabra: alemán, conservador, dicción de bisturí. «–Señor Turner, usted reconoce haber filtrado documentos clasificados. ¿No teme haber dañado la seguridad de la Unión?» Turner clavó los ojos en la mesa pulida; vio su reflejo y el de Alarcón superpuestos.

—La seguridad se daña con secretos que se venden al mejor postor —respondió—. Yo solo los saqué a la luz antes de que se usaran contra ustedes.

Murmullo de pasillos. Segundo turno: diputada italiana de industria. «–¿Puede demostrar que los vídeos y las confesiones no están manipulados?» Turner reprodujo treinta segundos del archivo original: Ramis hablando de comisiones, Quesada firmando. Sin edición. Paró. Silencio cardiovascular.

Van den Broeck intervino: «–La autenticidad forense ya fue verificada esta mañana. Pasemos a la estructura de financiación». La pantalla mostró un grafo: Hydra Nexus: flechas de Quesada a jueces, de jueces a contratos, de contratos a Fondos de Defensa. El sistema íntegro intubado en diagramas.

Turner observó las caras: algunas incrédulas, otras resignadas. El mecanismo comenzaba a verse a sí mismo en el espejo.

Un asesor empujó un carrito con folios: "Enmienda 274-bis". La leyeron en voz baja: proponía archivar temporalmente la investigación y transferir la documentación a la Agencia Europea de Defensa "por motivos de competencia". El sello llevaba la firma de un Comisario Industrial... el mismo que avalaba la pulsera de Quesada.

Turner sintió el escalofrío del engranaje intentando tragarse su propia grasa. Se levantó sin esperar turno:

—Solicito la palabra.

—Fuera de orden —replicó la presidenta.

—Entonces solicito minuto de cortesía como representante de la fuente principal —insistió Van den Broeck.

Se lo concedieron. Turner caminó hasta el atril, recordó el temblor de Beltrán cuando pedía hacer ruido.

—Una comisión puede delegar papeles —empezó—, pero no puede delegar cadáveres. Beltrán, Cobo, Silvia, Peñalver... figuran en la carpeta anexa. Archivar ahora significaría certificar que sus muertes no fueron suficiente. ¿Cuántos nombres más imprimirán?

Se oyó a alguien carraspear. Turner prosiguió:

—Si lo entregan a Defensa, lo enterrarán. Porque ustedes no van al frente de guerra: el frente vino a ustedes disfrazado de lobby energético.

Los micros captaron cada sílaba. Algunos asistentes bajaron la mirada, otros teclearon furiosos. El cuchillo se hundía.

La presidenta, visiblemente incómoda, propuso votar la enmienda 274-bis "ahora mismo, sin debate". Quince manos alzadas, doce en contra, tres abstenciones. Mayoría simple... insuficiente según reglamento extraordinario por materia de corrupción transnacional. Enmienda rechazada.

Se escuchó un suspiro colectivo. Turner entendió que la maquinaria podía crujir pero no partirse aún.

Una asistente corrió hasta la mesa. Susurró al oído de la presidenta. Otra pantalla se encendió: **rueda de prensa en Ginebra**. Quesada aparecía, corbata azul, fondo de bandera suiza. Audio abierto en directo:

—...fui objeto de extorsión religiosa. Mi firma se falsificó mediante ingeniería digital...

Turner apretó la USB-pluma. Van den Broeck le hizo seña: no. Pulsó un botón; apareció el vídeo QS-Confess.mp4 autenticado por OLAF. La mentira de Quesada se desinfló en pantalla dividida: él negando mientras se veía a sí mismo confesando dos años atrás ante el padre Gabriel.

Un eurodiputado exclamó: «—Se ha fusilado a sí mismo». Risitas nerviosas.

La presidenta anunció resolución provisional: nombrar **Comité Especial Hydra-Rubicón** con potestad para suspender fondos de Defensa afectados y retirar inmunidades. El sistema se protegía a sí mismo: anestesia para cirugía mayor.

Turner recogió la maleta. Alarcón llevaba los ojos vidriosos; la tensión apagaba cualquier júbilo. Padre Gabriel lo cubrió con la manta gris del hospital.

Luc se acercó:

—Furgoneta lista. Salimos por garaje secundario.

Turner miró el hemiciclo: asistentes limpiaban vasos de agua, diputados llamaban a asesores juristas, cámaras desconectaban focos. El sistema, herido, ya buscaba coagular.

Sacó la grabadora:

Diario Turner, 13:05. El mecanismo sangra, pero se cura con burocracia. Hoy vencimos la enmienda, mañana vendrá otra. La lucha no es contra hombres, sino contra tuercas que aprietan hasta romper huesos. Seguiremos soltándolas.

Guardó el aparato, empujó la silla de Alarcón hacia la penumbra del pasillo. Sintió que la vendetta de papel apenas empezaba y que su nombre —o el alias que tocara— seguiría escrito en tinta roja en algún cajón.

Al fondo, la ventana mostraba un cielo que abría claros: la lluvia cesaba. Pero las cloacas, esas, nunca se evaporan. Él caminó hacia el ascensor con la certeza de que aún quedaban sótanos por desaguar.

El ascensor del Parlamento Europeo se detuvo con un susurro hidráulico en el nivel –2. Alex Turner empujó la silla de ruedas de Fernando Alarcón hasta la furgoneta de la policía federal. El aire del garaje olía a caucho y diésel, y un leve olor a victoria incipiente que Turner no se permitió degustar. Afuera, el cielo clareaba y el Comité Especial Hydra-Rubicón ya era noticia viral, pero la hidra no muere: se retira, regenera y contraataca.

Luc tomó el volante; el padre Gabriel subió detrás con la bombona de oxígeno. Turner cerró la puerta corredera y se quedó en la penumbra, grabadora en mano. Antes de partir, Van den Broeck apareció con el rostro desencajado.

—Tenemos orden de detención para usted —susurró—. Acusación de "compromiso de secretos de Estado" firmada por un juez español y validada vía Eurojust en tiempo récord.

Turner notó un puñetazo en el estómago: el engranaje reaccionaba.

—¿Cuánto tiempo? —preguntó.

—Unidades en camino. Cinco minutos, tal vez menos.

La magistrada deslizó un sobre: pasaporte italiano a nombre de **Luca Torneri**, sello Schengen libre hasta 2027.

—No puedo protegerle dentro —dijo—, pero aún no han bloqueado las fronteras terrestres. Vaya a la Rue du Progrès, nave 14. Mis colegas de prensa han montado un convoy humanitario a Calais.

—¿Y Alarcón? —preguntó Turner.

—Él queda bajo régimen de testigos. Ya no lo moverán… salvo que lo mueva usted.

El diputado le apretó la mano.

—Ve. Si caes, se hunde la causa —susurró con esfuerzo.

El padre Gabriel bendijo a Turner con un gesto rápido. Luc arrancó la furgoneta y desapareció en la rampa ascendente.

Turner corrió hacia el pasillo de servicio. Cambió la gabardina por un chaleco fosforescente de mantenimiento que colgaba de una taquilla. En el espejo sucio vio a un hombre al borde de sí mismo. Salió por la escalera de incendios, cruzó el patio hacia la Calle Montoyer. Dos coches patrulla giraban la esquina.

La nave 14 era un almacén grafitado con la palabra *LIBERTÉ* a medio borrar. Dentro, cajas de ayuda médica, sacos de dormir y dos furgonetas rotuladas con logos de ONG. Turner encontró a Claudine Gerber distribuyendo mascarillas.

—Van den Broeck me avisó —dijo—. A Calais con refugiados. Conductor encenderá GPS Jammer en la A1.

Le tendió una mochila.

—Puedes esconderte hasta Dunkerque. Después será tu ingenio.

Turner abrió para comprobar: agua, latas, un libro de bolsillo de Borges, cargador solar, 500 euros en efectivo.

Sonrió cansado.

—El Aleph me persigue hasta en la huida.

La puerta trasera de la furgoneta se cerró. Turner se sentó entre cajas de suero. El motor rugió.

La sirena de un control móvil pilló al convoy. El conductor —un argelino de acento dulce— se desvió al área de servicio. Dos gendarmes revisaban papeles. Turner sostuvo la respiración. El juez español había activado Alerta Schengen nivel 2.

Cuando los guardias pidieron abrir la parte trasera, Claudine apareció con una cámara profesional.

—Presse humanitaire —dijo—, *Accord 2005*. Enseñó credencial con foto. Los gendarmes, incómodos ante el objetivo, revisaron someramente una caja, miraron a los niños inmigrantes que dormían y devolvieron papeles.

El motor retomó la autopista.

Lluvia horizontal. Gaviotas como cuchillas. La furgoneta se detuvo junto al ferry *Pride of Kent*. Claudine señaló una pasarela secundaria.

—Pasaporte italiano, mostrador 111. Dirán «benvenuto, dottore». Cruza a Dover. Allí, un amigo te llevará a un hostal en Camden. Deja que la prensa inglesa publique antes de entrar en sede judicial. La extradición tardará si el caso es mediático.

Turner bajó, mochila al hombro. Olió el salitre mezclado con queroseno. Pensó en Rubén, en Cloe, en Alarcón defendiendo su voz contra la neumonía y los comisarios. Respiró hondo.

—¿Por qué ayudas? —preguntó.

Claudine encogió los hombros.

—Porque las cloacas también cruzan fronteras. Y me cansé de olerlas.

Le besó la mejilla y regresó al volante.

En la taquilla 111, el oficial del ferry hojeó el pasaporte falso. Sonrió.

—Buon viaggio, dottore Torneri.

Turner subió la pasarela. El ferry se zarandeaba bajo un cielo que mezclaba gris y sal. Sacó la grabadora por última vez antes de que el viento la ahogase:

Diario Turner, 19:12. Orden de detención europeísta me persigue. Quesada libre en 48 h. Sistema cicatriza. He caído fuera de la ley, pero con los nombres intactos. Seguiré soltando tuercas desde la otra orilla. Si muero, el Aleph ya habla solo.

Guardó el aparato. Miró la costa francesa hacerse pequeña. Sintió el peso del vacío: aquella caída no era derrota, era la única forma de mantenerse por encima del fango burocrático. A veces, caer es el modo más honesto de seguir en pie.

El barco tocó bocina; la noche se abría como un paraguas roto. Turner se aferró a la barandilla y se permitió un segundo de cierre de ojos. El viento olía a algas, a gasóleo y a esa libertad agria que se compra con el precio de nunca volver a casa.

La justicia puede no elegir al culpable, pensó, pero la verdad elige a sus testigos. Y él acababa de pagar la tarifa completa.

CAPÍTULO 12: VERDAD EN LA OSCURIDAD

La primera claridad londinense se filtró por las láminas de una persiana torcida y rebotó sobre las paredes desconchadas del minúsculo cuarto 7-B del *Camden Backpackers*. Aquel martes 10 de junio no olía a victoria; olía a pintura vieja, a sudor de mochilero barato y a café soluble quemado en un hornillo de resistencia azulada. Sin embargo, en el aire flotaba algo distinto, la electricidad estática que antecede a las tormentas mediáticas.

Alex Turner, descalzo, vendaje de la nariz ya amarilleando como un recuerdo que no termina de sanar, se inclinó sobre la mesa coja. El portátil encriptado —placa base resoldada, teclado sin ñ, pegatina de *Radiohead* tapando la webcam— mostraba un índice que ya sumaba 312 páginas: **INFORME QUINTANA / HYDRA-RUBICÓN – Versión C (liberación pública)**.

A cada PDF anexado correspondía un hash SHA-512. A cada hash, una firma PGP con la clave "A. Quintana-Alba 0xF3C1...". Arriba del todo, una dedicatoria de seis palabras: *«Para quienes murieron antes de ver.»* Bajo ella, fotos tamaño carnet: Beltrán, Silvia, Cobo, Peñalver... y un marco vacío, "Por si hace falta".

Turner parpadeó dos veces —tenía los ojos secos, la consciencia en carne viva— y ejecutó el script **irreversible.sh**. En la consola, veinte destinos desfilaron con sus checks verdes: *The Guardian*, *Le Soir*, *Der Spiegel*, *il Manifesto*, Al-Jazeera, NHK, dos ONG anticorrupción, el buzón blindado de la OLAF y un magnet torrent sembrado por treinta servidores islandeses alquilados con criptomonedas.

UPLOAD 100% — NO REVOCABLE

El reloj del móvil marcaba **06:14 GMT**. En Bruselas serían las 07:14: aún no había café en los pasillos del Parlamento, pero la bomba de papel ya silbaba en las tuberías digitales. Turner cerró la Wi-Fi, retiró la pluma-USB y la dejó caer en la taza de café negro: flotó como una balsa funeraria.

· SMS cifrado de Rubén: *«Alarcón estable / Comisión crea sub-comisión / Votan contra extradición 14-9 / Padre G. reza.»*
· Ping de Cloe desde Estrasburgo: enlace de *The Guardian* con la palabra **UNSEALED** sobre los rostros de Ramis, Ferrer y Quesada.

Turner respondió: *«Informe C disparado. Cabezas bajas.»* Después impuso silencio; el teléfono volvió a modo avión. Segundos de gracia antes del estruendo.

En Crowndale Road, la lluvia leve se colaba por la ranura de una cabina K6. Turner llamó a Claudine Gerber en Suiza:

—¿Ves las portadas?

—*Le Soir* cayó por DDoS; *Spiegel* recibe querella preventiva —contestó ella—. Pero el torrent ya tiene cuatro mil *seeds*. Inmortal.

—¿Quesada?

—Canceló rueda de prensa. Sus abogados gritan "montaje ruso".

—Que griten. El eco hace vibrar más.

Colgó. Dentro de la cabina, un cartel fluorescente ofrecía **WE BUY GOLD**. Sonrió: el sistema siempre compra lo valioso; hoy se lo había regalado gratis y eso lo enloquecería.

Los puestos abrían con olor a aceite y a curry. Turner compró un *Moleskine* azul, se sentó en la baranda del canal y escribió: «*10 junio. Informe completo. Punto de no retorno.*»

Mientras garabateaba, observó un barco-café deslizarse: moqueta roja, clientes con *flat white*, inocencia de turista. Se preguntó cuánto tardaría en llegar la policía metropolitana. Reino Unido ya no formaba parte de Schengen; Eurojust no cursaba órdenes igual, pero Interpol imprimía avisos amarillos con su cara.

Un vendedor de vinilos le ofreció un maxi de *The Clash*. Turner lo compró sin discutir precio: merecía un himno para el exilio.

El móvil (solo datos vía Tor) hervía:

- *Le Soir* offline.
- *Der Spiegel* notificado de demanda por "atentado a la defensa europea".
- *Trending tag* #DeepFakeGate; cuentas-bot sembrando dudas sobre la voz de Alarcón.

Turner respondió a ninguna: el humo se disipa, los archivos quedan.

Correo de Van den Broeck: **«Quesada en prisión preventiva. Ramis confiesa aval militar.»** Adjuntaba PDF con sello TJUE. Vio la firma de Ramis: un garabato exhausto. Un engranaje menos.

En el puente de hierro sobre el Regent's Canal, Turner grabó:

Diario Turner, 10:01. El informe viaja, muerde, desata abogados. Precio: mi nombre en alerta roja, mi futuro en penumbra. Ganancia: que las cloacas, al menos hoy, no descansen.

Guardó la grabadora. Miró su reflejo en el agua opaca: fugitivo sin patria, con más enemigos que pintas en *The World's End*, pero con la certeza de que la verdad había mordido más fuerte que el miedo.

El Big Ben —allá lejos, tras el *smog*— campaneó. Turner ajustó la mochila. El informe completo ya no era suyo: era del mundo. Y el mundo decidiría cuánta podredumbre estaba dispuesto a rascar.

Se perdió entre los puestos de camisetas. Una vendedora rastafari gritó: «—¡Todo a seis libras, darling! ¡Todo cambia, nada permanece!». Turner sonrió: Camden entendía.

Porque la bomba de papel ya explotaba en todas las redacciones y no había mano capaz de recoger cada confeti. Y el silencio, por fin, tenía un precio que nadie quiso pagar.

La noticia reventó las pantallas a las siete y cuarto de la mañana: un coche gris sin distintivos llegaba al *Hôtel du Conseil de l'Europe* de Estrasburgo y de él descendía un hombre demacrado, mascarilla quirúrgica y abrigo prestado. **Fernando Alarcón Romero** volvía a existir a ojos del mundo. Alex Turner lo vio desde un cibercafé de Camden, auriculares puestos y un café que se quedaba frío junto al teclado. Sintió alivio, pero también ese vértigo que produce ver al testigo clave caminar por un tablero donde aún acechan peones armados.

Los teletipos de Efe y Reuters saltaron a la vez:

"Reaparece Fernando Alarcón en Estrasburgo. Declarará hoy sobre el caso Hydra-Rubicón."

La radio española hablaba de «resurrección política». En redes, la mitad dudaba que fuese el verdadero: clon, holograma, doble. Turner conocía ese ruido: nada desinfla una verdad recién nacida como la sospecha sembrada al segundo cero.

Desde la cabina IP del café, descargó la señal interna de la OLAF: la sesión sería a puerta cerrada, solo señal institucional. Eso le convenía: estar a 1.200 kilómetros lo volvía intangible para el fiscal español que pedía su extradición.

Cloe —recuperada lo justo para manejar un portátil desde la clínica de Estrasburgo— retransmitía por canal cifrado. Padre Gabriel empujaba la silla de ruedas; Rubén llevaba un sobre médico. La conexión mostraba el pasillo: moqueta verde oliva, lámparas de bajo consumo, olor a desinfectante casi audible.

Cloe: «Radiografía de tórax: aguanta para un interrogatorio corto.»

Turner: «Sin alargar. Lee oración y sal.»

El detective anotó en su *Moleskine*: *"Verdad frágil como pulmón enfermo."*

La señal institucional llegó con dos minutos de retardo. Turner la seguía en un despacho trasero del cibercafé: cortinas corridas, ventilador zumbando. En pantalla, Alarcón declaraba con voz ronca:

—Señorías, mi cuerpo pesa menos que las pruebas que porto...

El detective tomaba notas rápido: cuentas numeradas, finca Los Tejos, amenazas, la compra de silencios. Nada nuevo en papel, pero escuchar la historia en boca del desaparecido convertía los archivos en piel y sangre. Eso no lo destruye ninguna querella.

Media hora y tos de sangre. Presidente suspendió cinco minutos. Cámara mostró a padre Gabriel poniendo oxígeno. Turner apretó los auriculares; quiso estar allí, pero supo que su lugar era este exilio de pantallas desde donde podía seguir filtrando.

Van den Broeck apareció junto al estrado, entregó al secretario un dossier sellado: copia certificada del *Plan Rubicón* y del vídeo de la confesión de Quesada. Turner sonrió; su carpeta azul seguía a salvo en Londres, listada como "Defensa personal".

Cloe escribió por chat:

«Fiscal español pide entrar a sala para notificar orden. Van den Broeck lo frena: "Fuera de jurisdicción".»

Turner respondió con un emoticono de candado. Aun así, el riesgo crecía: si la Interpol británica recibía luz verde, la puerta del cibercafé se convertiría en trampa.

Se escuchó la resolución provisional, Turner de pie junto a una impresora ruidosa que nadie usaba:

"El Tribunal reconoce la existencia material de Fernando Alarcón Romero desde la fecha de hoy, 10 de junio; justifica su desaparición previa por riesgo vital y ordena su protección como testigo europeo."

El *o casi* llegó en letra pequeña: España podrá interrogarlo bajo control de la comisión Hydra-Rubicón. Puertas entreabiertas para la hidra.

Cloe mandó imagen: Alarcón sonreía tenue. Padre Gabriel oraba. Rubén alzaba el pulgar a la cámara. Turner exhaló. Una batalla ganada, la guerra seguía.

Streaming cortado, Cloe escribió: *«Trasladen a Fernando a hospital europeo. Médicos suizos en camino.»*

Turner guardó todo en USB de repuesto, borró cookies, pagó el café y salió a la calle de Camden. Llovizna típica. El vendedor de vinilos seguía gritando ofertas.

Activó la grabadora de bolsillo:

Diario Turner, 11:43. El hombre vuelve al registro civil y deja un hueco en los telediarios de las seis. Yo sigo en la sombra: la orden de captura española late en cada esquina. Decido mantenerme aquí, protegiendo el eco desde lejos. La verdad respira; ahora toca que no la ahoguen.

Cerró el aparato. Metió las manos en los bolsillos. En la acera opuesta un coche patrulla frenó, pero solo para pedir indicaciones a un turista. Turner se mezcló con la marea de paraguas rumbo al metro.

La desaparición se resolvía, sí, pero el precio de estar vivo se pagaba en vigilias. Y él, exiliado voluntario, se convertía en el guardián remoto de un testigo con respiración prestada.

Porque la verdad, cuando se asoma a la luz, nunca queda ilesa. Por eso alguien debía quedarse al otro lado, velando un servidor encendido. Ese alguien, pensó, llevaba su nombre y sus ojeras.

El Big Ben marcó las doce en punto con un tañido de plomo cuando Alex Turner dejó el diario **The Guardian** sobre la barra de un pub en Camden Road. Titular a toda página: *"Hydra-Rubicón: la cloaca que compró contratos de Defensa"*. Subtítulo: *"El expediente Quintana desencadena órdenes de arresto y pánico bursátil"*. Por debajo, una foto de archivo mostraba a Sergio Ramis bajando de un coche oficial; el pie rezaba: «Exsecretario de Estado, detenido anoche en Barajas». Turner sorbió la espuma de una cerveza aguada y pensó que las campanas no siempre doblan por quien mal gobierna, pero a veces retumban lo bastante para que tiemble la Bolsa.

Minutos después de la campanada, la BBC abría con especial de veinticuatro minutos. En pantalla, un mapa de tres colores: azul para los contratos de Defensa, rojo para las cuentas de Enerplus, verde para los medios presuntamente comprados. El analista de turno intentaba explicar el *Protocolo LIBER* y balbuceaba cuando llegaba al trust **Q1NΔ**.

—Demasiadas siglas para el desayuno —comentó un camionero galés al camarero.

Turner anotó en su cuaderno: *"Si confunden, ganan tiempo"*. Porque sabía que el eco del escándalo se mide en confusión por minuto y en titulares que se pisan la cola.

En la pantalla del móvil, Cloe enviaba gráfico: **Enerplus −33%** en la apertura de Euronext. Otro mensaje de Claudine desde

Estrasburgo: «Alarcón duerme, saturación 93 %. Médicos suizos firmes. Padre G. vela.» Turner sonrió con ojos cansados; la vida del diputado colgaba de un hilo, pero el hilo aún aguantaba.

En la mesa contigua, una pareja española —mochilas, acento de Erasmus— discutía una alerta de *El Mundo*: *"Gobierno pide prudencia y acusa a 'activistas extranjeros' de manipular pruebas"*. Turner no se sorprendió. El manual era antiguo: sembrar duda, exigir calma, responsabilizar a forasteros.

Encendió el portátil de emergencia y subió a su blog anónimo **Diario Quina** dos archivos de apoyo: la rúbrica completa de Ferrer sobre los contratos solares y un extracto de audio donde Ramis negociaba con el general Yébenes. Fijó un tuit desde la cuenta falsa del *Observador Libre*: *"Si la duda es táctica, la verdad es antídoto. #HydraNexus"*.

Cloe mandó alerta roja: «Intento de intrusión en planta de Alarcón. Enfermero falso, nombre Olivier, huye por escalera. Rubén lo sigue». A continuación, vídeo borroso: Rubén persiguiendo a un tipo con bata hasta el vestuario, puñetazo, detención por gendarmes. El eco del escándalo, pensó Turner, también suena a suela de zapato sobre linóleo.

Mandó un audio a Rubén:

—No dejes que nadie firme el alta. El enemigo prefiere cadáver que testigo.

Rubén contestó jadeando: «—Alarcón seguro; Olivier llevaba jeringa con sedante. Voy a reforzar puerta».

Las agencias francesas difundieron comunicado de la *Fundación LIBER para la Resiliencia Informativa*, denunciando "ciber-ataques coordinados" y defendiendo su trabajo contra «noticias falsas de potencias no alineadas». Turner rió sin humor: el fondo fraudulento se reciclaba en ONG defensora de la verdad.

Respondió con artillería: publicó en *Diario Quina* los estatutos originales de LIBER, con fecha anterior al registro oficial, firmados por Quesada y por un coronel retirado. En menos de veinte minutos, ese documento encabezaba *Menéame* y la etiqueta #LiberGate era primera tendencia en España.

Anochecía en Londres. Turner caminó hasta el canal Regent's: agua negra, reflejos de farolas. Pensó en Beltrán, en Silvia, en Cobo. El eco del escándalo no les devolvería la vida, pero quizá alargara el futuro de otros.

Recibió mensaje cifrado de Van den Broeck: «Ferrer se entrega. Acuerda colaboración. Quesada en aislamiento psiquiátrico tras intento de autolesión. Ramis presta declaración ampliada mañana». El dominó continuaba.

Grabó en su casete:

Diario Turner, 18:37. El escándalo hace ruido, pero el poder murmura. Cuando las portadas se cansen, quedará la letra pequeña de los jueces. Mi trabajo es que la marea no baje sin retirar el fango.

Guardó la cinta. El vendedor de vinilos cerraba el puesto.

—¿Otro *Clash*, amigo? —preguntó.

—Tal vez mañana —respondió Turner.

Se perdió entre la neblina de Camden. Los noticieros repetían gráficos, los tertulianos cambiaban de chaqueta, y en un hospital de Estrasburgo un hombre exhalaba con dificultad, pero seguía vivo.

El eco del escándalo, entendió Turner, no es un grito: es un latido que insiste. Y mientras insista, habrá futuro para siguiente verdad que necesite un micrófono, un blog anónimo, o la voz gastada de un detective sin patria.

La bruma londinense del día siguiente parecía espesarse a propósito para empujar a los transeúntes contra los escaparates de panes y periódicos, como si la ciudad quisiera obligarlos a comprar algo antes de permitirles desaparecer tras el telón de humedad. Alex Turner caminaba por Chalk Farm Road con una bolsa de papel que apenas pesaba: un ejemplar atrasado de *The Guardian*, dos sándwiches de huevo y berros, y un libro de tapas descoloridas: **Viajes al fin de la noche**. Todo lo que un fugitivo podía permitirse para almorzar y recordar que la desesperanza también se narra.

En el buzón de voz cifrado había dos mensajes nuevos: Rubén confirmaba que los médicos mantenían a Alarcón sedado "para proteger los pulmones", pero estable; Cloe anunciaba que los «mirror» islandeses del Informe C ya sumaban siete mil descargas, aun con los ataques de denegación de servicio. Turner sonrió: los fantasmas que protegía no necesitaban flores, sino ancho de banda.

Encontró un banco vacío en el perímetro del *Primrose Hill*. Abrió el pan de molde: huevas de salmón clasificadas como lujo en cualquier menú, pero aquí diluidas en mayonesa de supermercado. Dio un mordisco; el sabor a mar rancio le recordó los bares de tapas de Chamberí, la barra pegajosa donde Beltrán confesó que él también se cansaba de gritar. Casi escuchó su voz: *«Hay días en que la única victoria posible es seguir respirando.»* Turner alzó la vista: una bandada de grajos dibujaba curvas sobre la niebla. Respiró.

Sacó el cuaderno azul. Escribió: *"Cuando el escándalo llena portadas, el silencio se subasta a precio de saldo."* Pensó en las llamadas de tarjetero gris que no tardarían: banqueros ofreciendo un retiro en Madeira, consultoras prometiendo seguridad a cambio de consultoría en "gestión de crisis reputacional". Esos salvoconductos siempre llegaban cuando la música se detenía.

Turner tomó una hoja de papel verjurado, la única que quedaba limpia en su carpeta. Escribió con su pluma barata:

«Querida Clara Herreros: su ex marido está vivo y hoy no necesita de su perdón, sino de su fe. Cuando lo visiten, cuéntele cómo huele la primavera en el Retiro y que aún se oye música en la Cuesta Moyano. Dígale que hubo justicia, aunque sea un brote verde en un descampado.»

Dobló la carta, la metió en un sobre, pero no la cerró. Sabía que nunca enviaría esa despedida. A veces escribir era la forma más pura de callar.

El teléfono anónimo vibró: mensaje SMS sin remitente, apenas un enlace de audio. Lo reprodujo. Sonó la voz cascada de Antonio, el camarero del Café Torino:

—Chaval, aquí dejaron un sobre para ti. Dentro hay una llave suiza y un billete abierto a Lisboa. Si no lo recoges en tres días, lo quemaré con la cafetera. Porque el café, si se recalienta, sabe a cobre, y la verdad igual. Cuídate.

Turner guardó el móvil. Lisboa, la palabra de partida original. ¿Salir corriendo cerraba el círculo o lo rompía? Miró la llave de la carta fantasma. Se propuso pensar después de la siesta.

Subió a un autobús de línea que cruzaba hacia Kilburn. Ventanas empañadas, olor a fritanga de *fish and chips* insertado en la ropa de los viajeros. Se dejó mecer trasera. Soñó con Rubén niño, en bicicleta, y un parque sin helicópteros. Cuando despertó, el conductor avisaba fin de trayecto.

Bajó. Un bar persa ofrecía té de menta. Entró. Pidió vaso pequeño. El dueño le preguntó de dónde era. Turner respondió: "De un país que cabe en un bolsillo." El hombre rió y añadió galletas de pistacho sin coste. El detective pensó que la hospitalidad también era una forma de silencio que no hace daño.

Regresó al mercado donde los tenderos cambiaban vinilos por camisetas. El vendedor rastafari, al verlo, agitó un LP de **Los Chunguitos**:

—¡Oferta! ¡Historia gitana, colega!

Turner lo compró y recordó al padre Gabriel tarareando *"Dame veneno"* mientras escoltaban a Alarcón. Pagó sin regatear. Llevó el disco bajo el brazo hasta un callejón donde la pared lucía un grafiti nuevo: un pez espada atravesando una alcantarilla. Le hizo una foto.

Mandó la imagen a Cloe con la nota: *"Incluso bajo tierra, algo corta la mugre."* Ella respondió con emoticono de señal Wi-Fi y corazón. El silencio, a veces, necesita dibujos.

Atardecer sobre el Támesis. Turner apoyó codos contra barandilla. El río arrastraba botellas de plástico y promesas rotas. Sacó la grabadora.

Diario Turner, 18:01. La voz ya hizo su trabajo. Ahora necesita reposo para no desgarrarse. Seguiré empujando archivos desde la sombra, pero hablaré poco. Porque algunos finales se cuentan mejor en voz baja, y algunos comienzos exigen silencio para germinar.

Apagó. Guardó cachivaches en la mochila y miró el agua hasta que el cielo perdió color. A lo lejos sonaron sirenas. Tal vez eran para otro. Tal vez, para él. Pero esta vez, decidió, no correría.

Dejó caer la carta sin cerrar al río. Papel mojado que se hunde sin que nadie lo lea: la despedida perfecta para un detective cuya patria se había reducido al murmullo de un teclado y a la respiración de un testigo.

Giró sobre sus pasos y se mezcló con la multitud que salía de oficinas. Nueve letras lo escoltaban: S-I-L-E-N-C-I-O. Porque la verdad, pensó, ya hablaba sola; y en ese coro, su voz añadía ruido. Mejor callar. Aunque doliera.

Y dolía, claro. Pero doler, concluyó, era una forma digna de seguir en pie.

El verano se insinuaba por primera vez sobre Londres con un sol tímido que parecía pedir perdón por llegar tarde. Alex Turner salió del hostal de Camden cargando una maleta prestada: dentro, dos mudas, un portátil casi sin batería y el vinilo de Los Chunguitos envuelto en periódico. La cola de taxis frente a la estación de St Pancras chisporroteaba con motores impacientes. El detective se deslizó hasta el tercer coche y dio una dirección inesperada: **Victoria Embankment, muelle ocho**.

El taxista, un sudanés de voz grave, puso una emisora de jazz suave. Turner cerró los ojos. Pensó en los ocho segundos que tarda un rumor en convertirse en trending, en los ochenta días que un hombre puede permanecer desaparecido, y en los ochocientos metros de alcantarillas donde la hidra aún respiraba. Pero aquel día decidió medir el tiempo de otra forma: por pulsaciones en la muñeca, por latidos prestados.

En el muelle ocho lo esperaba **Claudine Gerber** con gabardina ligera y mochila fotográfica. Detrás de ella, un barco turístico de chimenea azul preparaba una excursión por el Támesis. Claudine alzó la mano y habló primero:

—No necesitas Lisboa. Tienes aquí la luz suficiente para desaparecer.

Turner sonrió. Entregó la maleta al marinero sin responder. Subió pasarela y se apoyó en barandilla de madera mientras la embarcación arrancaba hacia Greenwich. Claudine sacó la cámara y, contra el protocolo, tomó una foto de perfil.

—Para el álbum de los que callan —dijo.

Turner no protestó. Algunos silencios merecen retrato.

El barco dejó atrás la silueta del Parlamento. Turner sacó de la chaqueta la **llave suiza** que Antonio enviara y la estudió a contraluz: en el vástago había un número grabado: 143. Sonrió; la taquilla de El Correo Central, el lugar donde empezó el eco. Clavó la llave en la madera del pasamanos y la dejó allí, temblando al compás del motor.

Después abrió un cuaderno nuevo y arrancó una página. Escribió tres líneas:

«Rubén, Cloe: si un día se prefiere la música al ruido, busquen en la taquilla 143. Allí guarda la ciudad su memoria.»

Dobló y la lanzó al río. El papel se abrió como una flor marchita antes de hundirse. No todas las cartas deben llegar.

Claudine mostró el móvil: titulares franceses anunciaban que **Elena Ferrer** cantaba ante un juez de instrucción; revelaba pagos a magistrados y la existencia de un **código SÁENZ** para silencios quirúrgicos. En España, *El País* abría con editorial: «Fin de una era de impunidad». Turner rió por dentro: las eras no terminan con tinta, sino con hambre.

Pero celebró. Porque cada frase firmada en un periódico es un ladrillo menos en la muralla del miedo.

El barco atracó en Greenwich. Turner bajó. Caminó hasta el parque. Bajo la sombra de un castaño se sentó y sacó la grabadora una última vez.

Diario Turner, 11:05. El expediente vive y yo también. La hidra se lame heridas: una cabeza en prisión, otra en manicomio, otra negociando redención. Pero el cuerpo sigue, en despachos con moqueta, en tertulias sin preguntas.

Yo llevaré esta cicatriz invisible: saber que la verdad sangra lento, pero si se la riega, echa raíz. No firmaré más informes ni escribiré prólogos. Vigilaré servidores y, con suerte, aprenderé a plantar tomates.

Apagó y deslizó la grabadora bajo tierra húmeda junto al tronco. Un archivista anónimo podía encontrarla algún día. O nadie. Estaba bien.

Compró un reloj de bolsillo en un anticuario cercano. Cada tic sonaba como un teclado remoto. Lo guardó sin darle cuerda: el tiempo, decidió, seguiría sin su permiso. Se dirigió a la estación de DLR. El tren ligero zumbaba suave, sus cristales reflejaban la niebla con brillo lechoso. Cuando las puertas se cerraron, supo que no regresaría a Camden. Ni a Madrid, ni a ninguna ciudad con memoria demasiado fresca.

Se sentó. Abrió el libro **Viajes al fin de la noche** y buscó la línea: *«La vida es hermosa si se la mira con la vigilancia de la muerte»*. Cerró. Miró por la ventanilla los tejados huyendo.

Nadie en el vagón conocía su nombre, y esa ignorancia era más valiosa que inmunidad parlamentaria. La verdad seguía nublando portadas, pero él, por fin, no era noticia.

¿Cómo termina un caso cuando no hay aplausos ni fuegos artificiales? Con un hombre desconocido leyendo un libro repetido en un tren que se aleja. Con un testigo respirando en Estrasburgo y un cura rezando. Con cientos de periodistas masticando datos y miles de lectores decidiendo si giran la página.

La ciudad seguirá igual —coches, hormigón, grajos—, pero **Alex Turner** ya no. Llevará por dentro una geografía nueva: la de las cicatrices invisibles. Y en cada una latirá un recordatorio: la primera bala de la hidra mató a un periodista; la última la paró un PDF.

Se levantó cuando la voz metálica anunció la parada **Island**

Gardens. Salió al andén. El Támesis, allá abajo, continuaba su discurso de agua sucia. Turner se apoyó en la barandilla y dejó que el viento le moviera el flequillo.

—Respira —se dijo.

Y respiró. El silencio no dolía tanto si se acompasaba con el latido de la ciudad. Levantó el cuello de la chaqueta, guardó el reloj sin cuerda y echó a andar hacia un futuro sin titulares, pero con la conciencia de quien, una vez, sostuvo la cuerda floja de la verdad y no se cayó.

Detrás, las campanas de Greenwich dieron el mediodía: doce golpes que partían la jornada en dos, como un punto y aparte. Como un telón que se cierra sin aplausos, pero con la certeza de que la función cambió al público.

Alex Turner desapareció entre los árboles. No queda más que contar. Solo queda vivir.

www.ingramcontent.com/pod-product-compliance
Lightning Source LLC
Chambersburg PA
CBHW050809260726

48660CB00004B/1330